흐
느
실,

외
갓
집 가
는
길

흐
느
실,

외
갓
집 가
는 길

김경순
수필집

추억이 그립고, 이야기가 고픈 날
사람들은 그곳에 모여 허기를 달랜다.

고된 하루, 어느 직장에서는 그 집에서 단체 회식을 했다.
술을 마시다 노래도 부르고, 가끔씩 집 앞으로 나가
담배 한 대 피우고 숨을 돌리면 또다시 술잔이 돌고 노래가 이어졌다.

2024년
한국문화예술위원회
아르코 창작 발간 기금
사업 선정

바른북스

지치고 아픈 영혼의 안식처 '고향'

한때는 서울을 동경해 고등학교를 졸업하자마자 서울에 있는 출판사에 취직을 했다. 하지만 서울 생활은 그리 녹록하지 않았다. 충무로에 있던 출판사에서 나의 주 업무는 종로와 을지로 일대 거래처를 다니는 일이었다. 처음 신어 본 하이힐로 발뒤꿈치가 성할 날이 없었다. 게다가 대학생들의 시위로 최루탄이 곳곳에서 터지니 눈물 콧물로 하루하루가 고통이었다. 그렇게 하루 일과가 끝나고 집에 도착하면 그대로 쓰러져 잠이 드는 날이 허다했다. 그러던 어느 날 그때는 어디서 그런 용기가 났는지 모르겠다. 무작정 사표를 내고는 그날로 짐을 싸서 음성으로 내려왔다. 서울살이는 고작 2년도 채 안 돼 그렇게 끝이 났다. 북적이고 혼잡한 서울에서 매 순간 고향이 그립지 않던 때가 없었다. 하이힐을 신고 절쑥대며 걷던 나의 모습은 낯선 타향에서의 서러움이었다. 화려하게 빛나는 서울이었지만 이상하게도 언제나 외롭고 쓸쓸했다. 그러니 그리 서둘러 내려왔을 게다.

늘 마음으로 그리워하거나 정답게 느끼는 곳, 그곳이 고향이라 했다. 동무들과 해가 저물도록 뛰놀던 동산, 여름이면 개울가에서 피라미, 수수미꾸리를 잡느라 온몸이 빨갛게 타도록 동무들과 놀던 곳. 고향은 그래서 반갑고, 그리운 곳이다. 꿈과 마음이 우썩우썩 넓어지고 깊어졌던 곳도 '고향'이었다. 빈궁한 살림에 배를 곯기도 했지만 따뜻이 품어 주는 어머니, 아버지가 있어 견딜 수 있었다. 앉은뱅이 양은 밥상에 나물 보리비빔밥이 놓이면, 자식들의 숟가락 전쟁에 부모님은 멀거니 바라보다 이내 슬그머니 숟가락을 놓으셨다. 그때는 미안함도 부끄러움도 몰랐다.

찰스 디킨스는 고향에 대해 이렇게 말을 했다. "'고향'은 이름이자 단어이며, 강한 힘을 지닌다. 마법사가 외는 어떤 주문보다도 혹은 영혼이 응하는 어떤 주술보다도 강하다."

고향, 누군가는 인생의 중간쯤, 혹은 마지막을 그곳에서 지내고 싶어 한다. 그만큼 고향은 지치고 아픈 영혼의 안식처이다. 수필집 《흐느실, 외갓집 가는 길》은 고향에 대한 이야기다. 필자가 나고 자란 충북 음성은 예나 지금이나 순박하고 정이 많은 사람들이 살아간다. 그래서 음성이 고향인 사람이나 또는 음성을 고향으로 만든 사람이나 이런저런 인연으로 음성을 아는 모든 이들은 이곳의 산빛과 물빛, 인정에 취해 연심을 품게 된다.

《흐느실, 외갓집 가는 길》이 부디 고향을 그리워하는 모든 이에게 따뜻하게 스며들기를, 그리하여 주술처럼 영혼의 안식이 깃들기를….

2024년 4월 시리도록 봄빛 고운 운정재에서

2. _____ 가섭사, 염계달을 낳다

3. _____ 연탄 구이 집, 털보네

4. _____ 5월, 품바가 온다

5. _____ 흐느실, 외갓집 가는 길

1.

빵집 옆에 만둣집

구멍가게,
강원상회

아이들은 배가 고프면 강원상회에서 외상으로 과자를
사 먹거나, 라면을 사다 끓여 먹곤 했다. 돈이 없어도 누
구네 집 아이인지 아시니 외상으로 주셨을 게다.

강원상회 앞 평상은 비어 있는 때가 없다. 한낮에는 그 가게를 지
나가는 행인이 쉬어 가기도 하고, 아침에는 아이를 유치원에 보내
고 난 새댁이 한숨을 돌리기도 한다. 또 어느 때는 날이 새자마자
해장술이 고픈 사내 둘이 굵은 소금을 안주 삼아 주거니 받거니 하
는 때도 있다. 평상을 빌리기는 길고양이들도 마찬가지다. 따뜻한
봄볕을 못 이기고 자울자울 졸고 있는 길고양이들에게도 구멍가게
의 평상은 요긴하기만 하다.

1. 빵집 옆에 만둣집

우리 동네 역말의 정중앙을 관통하는 큰길 중간쯤, 강원상회가 있다. 강원상회는 노부부가 오랜 세월을 운영한 구멍가게다. 두 분 모두 몇 년 전 돌아가시고 지금은 빈 가게다. 집을 나서면 으레 그 가게 앞을 지나게 된다. 빛바랜 간판만이 주인의 부재를 알리며 세월의 흔적을 고스란히 안았다. 강원상회는 본채인 가게 옆으로 꽤 여러 개의 셋방이 길게 딸린 구조다. 5년 전쯤이었을까. 셋방에 불이 크게 나는 바람에 세 들어 살던 사람들이 모두 나가게 되고 한동안 셋방은 수리도 제대로 하지 않은 채 그 집에서 두 분만 살았다.

할아버지는 손재주가 좋으셔서 고장 난 연탄보일러 수리를 잘하기로 동네에서 소문난 분이셨다. 키도 훤칠하게 크셨던 할아버지는 종종 긴 막대기를 휘이휘이 흔들며 동네를 다니셨는데 우리 집 앞을 지날 때도 예외는 아니었다. 그때마다 기다렸다는 듯 시끄럽게 짖어 대는 견공 청이에게 할아버지는 큰소리로 호통을 치셨다. 청이도 그에 맞서 절대 물러서지 않고 으르렁거리는 통에 내가 밖으로 나와야 할아버지도 청이도 멈추었다. 할아버지는 그때마다 "그놈 참, 집 잘 지키네."라는 말과 함께 멋쩍은 표정을 지으며 발길을 돌리셨다. 그러고 보면 참 장난기가 많은 분이었다.

강원상회는 우리 아이들이 어릴 때만 해도 아침에 눈만 뜨면 달려가는 곳이었다. 그때 우리 부부는 가게 일로 깜깜한 밤이 돼서야 집에 돌아오던 때가 많았다. 아이들은 배가 고프면 강원상회에서 외상으로 과자를 사 먹거나, 라면을 사다 끓여 먹곤 했다. 돈이 없어도 누구네 집 아이인지 아시니 외상으로 주셨을 게다. 가게에는 언제나 할머니가 계셨는데 방에서 잘 나오지 않으셨다. 손님이 물건을 가지고 방 앞으로 가면 그제야 계산을 해 주셨다. 지금 생각해 보면 관절염으로 다리가 불편하셔서 그랬던 듯도 하다. 그곳을 이용하는 사람들 모두가 동네 사람이다 보니 이상해하거나 불편해하는 사람은 아무도 없었다.

그런데 언제부터인가 아이들은 그 가게가 싫다고 했다. 우유를 사 왔는데 집에 와서 보니 유통기한이 한참 지난 것이었다. 그래서 우유를 바꿔 달라고 했더니 할머니께 된통 꾸중만 듣고 말았다며 다시는 그 가게에 가지 않겠다는 것이었다. 사실 아이들이 그러는 데에는 다른 이유가 또 있었다. 그 무렵 강원상회에서 그리 멀지 않은 곳에 젊은 부부가 마트를 새롭게 연 까닭이기도 했다. 지금으로 치면 작은 마트에 불과하지만 그때는 강원상회에 비해 물건도 많고 신선하기까지 했으니 아이들이 강원상회를 꺼려 할 만했다.

그럼에도 강원상회는 내게 정말 고마운 곳이다. 이 동네로 이사를 오고 난 후 얼마 지나지 않아 둘째를 임신하게 되었다. 입덧이 심해 아무것도 먹지 못할 때, 강원상회에서 사 온 막걸리로 메스꺼움을 달랬다. 한동안 아침이면 강원상회에서 시원한 막걸리를 사 오는 게 하루의 시작이었다. 우리 집과는 지척이니 몸과 마음이 힘든 나에게는 여간 고마운 곳이 아닐 수가 없었다.

오늘도 강원상회의 문은 굳게 닫혀 있건만 왠지 그 문을 열고 들어가고만 싶다. 빙그레 웃어 주시던 할머니와 소년처럼 맑은 얼굴로 웃으시던 할아버지가 계실 것만 같다. 순간 담벼락으로 눈이 갔다. 언젠가 마을벽화 그리기 사업으로 강원상회 담벼락과 가게 옆으로 난 대문에 정말 정겨운 그림들이 그려졌다. 그중 할아버지, 할머니가 다정히 대문으로 들어가고 계신 그림을 보니 절로 미소가 지어진다. 아마도 두 분의 모습이 우리의 기억에서 지워지지 않도록 저렇게라도 남겨 놓으셨나 보다.

불경한 고기의 변신,
황태의 명가

손님들은 굳이 자신이 먹는 음식이 어디서 왔으며 어떻게 만들어졌는지 궁금해하지 않는다. 다만 황태탕 뚝배기 한 사발을 깨끗하게 비움으로써 헌사의 의식을 올릴 뿐이다.

이름도 없는 물고기였다. 하긴, 이 세상에 존재하는 모든 사물과 생물들은 태초에 이름이 없었다. 누군가 이름을 붙여 주고 나서야 그 존재가 드러나는 법이다. 그런데 어찌하여 명태에는 이다지도 많은 이름이 붙여진 것일까. 그것은 아마도 사람들이 쉽게 접할 수 있는 물고기였기 때문이리라. 사전에 검색해 보니 명태는 조선 초기까지만 해도 문헌에 등장하지 않던 물고기였다고 한다. 이름이

1. 빵집 옆에 만둣집

없는(無名) 물고기를 먹어선 안 된다는 미신 때문에 명태를 먹지도 잡지도 않다가 이름이 붙은 이후부터 많이 잡기 시작했다는 설과 함께, 명태를 대구와 동일시하였을 것으로 추측된다는 설명이 있었다. 이름이 없어 불경했던 물고기가, 어느 순간 생긴 '명태'라는 이름으로 어부들의 그물에 그득그득 올라오는 귀한 물고기가 되어 그 대접이 달라지다니. 이름을 불러 준 순간 나에게로 와 의미가 되었다는 김춘수 시인의 말이 문득 스쳐 지나간다.

'명태'라는 이름이 붙은 연유도 재미있다. 이유원(李裕元)의 《임하필기(林下筆記)》에서 보면 명천(明川)이라는 곳에 태(太)라는 성을 지닌 어부가 있었다. 어느 날 태가 어부가 이름도 없는 물고기를 잡아 주방 일을 맡아보는 관리로 하여금 지금의 도지사 격인 도백(道伯)에게 바치게 하였다. 도백은 이 물고기가 너무 맛이 있어 그 이름을 물었으나 그 누구도 대답을 못 하였다. 이에 도백은 태가라는 어부가 잡은 것이니 명천의 '명' 자와 태가의 '태' 자를 따 명태(明太)라고 이름을 지었다고 한다. 이때부터 '명태'가 아주 많이 잡혀 전국에 넘쳐 났다고 하니 보관을 하는 방법에 따라 이름이 달라진 것은 어쩌면 당연한 일일지도 모르겠다.

그 이름을 살펴보면 명태의 생물은 생태라 하고 곧바로 얼리면 동태가 되며, 바짝 말리면 북어가 된다. 얼었다 녹았다를 반복하면 황태라 하는데 그 과정에서 검게 변하면 먹태라 불린다. 명태를 반쯤 말린 것은 코다리, 명태 새끼를 말린 것은 노가리가 된다. 그 외에도 말리는 정도와 잡히는 계절, 또는 잡는 도구에 따라 백태, 흑

17

태, 깡태, 꺽태, 강태, 망태, 조태, 왜태, 막물태, 사태, 오태, 피태라는 이름으로 달라진다. 명태가 이리도 이름이 많은 것은 그만큼 우리나라 사람들에게 친숙한 물고기였기 때문이 아니었을까 싶다.

우리 친정어머니는 비린 것은 입에도 대지 못하는 분이었다. 하지만 유독 명태로 요리하는 '황태탕'과 '동태탕'만큼은 즐겨 드셨다. 어린 시절 고기를 사 먹는 것이 쉽지 않은 애옥한 살림이었지만 어머니는 가끔 장날이면 동태를 사다 요리를 해 주셨다. 반면 황태탕은 집에서 끓여 먹기가 어려워 출가한 우리 자식들이 집에 들를 때마다 어머니를 모시고 나와 사 드렸던 귀한 음식이었다. 황태는 단백질 섭취를 거의 못 하시던 어머니에게 최고의 보신탕이었다. 우리가 어머니를 모시고 가던 집은 음성의 '황태명가'라는 식당이었다. 지금도 그 식당은 이곳 사람들에게 맛집으로 소문이 자자하다. 식당의 벽에는 강원도 용대리 덕장에서 황태를 말리는 사진이 걸려 있다. 눈과 바람을 맞으며 얼었다 녹았다를 반복하는 담금질 끝에 명태가 황태로 변신하는 모습은 거룩하기까지 하다. 손님들은 굳이 자신이 먹는 음식이 어디서 왔으며 어떻게 만들어졌는지 궁금해하지 않는다. 다만 황태탕 뚝배기 한 사발을 깨끗하게 비움으로써 헌사의 의식을 올릴 뿐이다. 지금은 황태명가가 읍내로 자리를 옮겨 왔지만 우리 어머니가 살아 계시던 10여 년 전에는 한벌리 고개 만남의 광장이라는 넓은 터에 있었다.

우리가 어릴 때만 해도 아버지의 생신상에 고기라곤 동태탕뿐이었다. 그나마 언니가 돈을 벌기 시작하면서 육고기가 상에 올라갔다. 반면 어머니의 생신상은 노상 나물로 차려진 성찬이었다. 텃밭에서 뜯어 온 푸성귀들로 차려진 반찬이지만 어머니는 행복해하셨다. 황태명가가 음성에 들어서고 난 후부터 우리는 어머니 생신날 점심은 언제나 황태탕을 대접해 드렸다. 어머니는 콩나물과 황태채를 넣고 바글바글 끓인 뚝배기 황태탕을 정말 맛있게 드셨다. 이제는 이 세상에 계시지 않지만 뜨끈한 황태탕이 맛있는 그 집에 가면 언제나 나는 어머니를 소환하곤 한다.

그나저나 요즘 우리의 식탁에 오르는 명태는 러시아 바다에서 잡히는 생선이라고 한다. 우리 바다에서 노닐던 명태는 다 어디로 간 것일까. 지구온난화로 인해 북쪽으로 멀리멀리 올라갔으리라. 어디 그뿐인가. 조금씩 오르는 기온으로 인해 황태 덕장에서도 황태가 제대로 만들어지지 않는다고 한다. 머잖아 황태가 '금태'로 만들어지지나 않을지 걱정이다. 부디 내 염려가 괜한 기인지우(杞人之憂)가 되기를 바랄 뿐이다.

빵집 옆에
만둣집

시장 중간에 있던 그 집은 뿜어져 나오는 하얀 김 냄새
로 근처를 지나가는 사람들의 배를 요동치게 했다. 엄마
의 손을 놓쳤던 그날도 나는 빵집 앞에서 정신을 놓고
말았다.

시장 한복판에서 엄마를 놓치고 말았다. 조금 전까지만 해도 분
명 엄마의 치맛자락을 꼭 움켜잡고 있었는데 엄마는 온데간데없
다. 나는 목이 터져라 울었다. 길 잃은 강아지가 어미에게 신호를
보내듯이 말이다. 그때 마침 그곳을 지나던 동네 아주머니가 나를
보고는 여기저기 수소문해 엄마를 찾아 주셨다. 어마지두 놀란 나
는 엄마를 보자마자 품에 안겨 얼마나 서럽게 울었는지 모른다.

내가 초등학교에 들어가기 전까지만 해도 엄마는 장에 가실 때면 종종 나를 데리고 가셨다. 막내이기도 했지만 유난히 병치레가 잦았던 탓에 응석받이로 엄마의 관심을 독차지했다. 엄마의 주머니는 늘 가벼워 잘 열리지 않았는데 그래도 간혹 주머니를 푸실 때가 있었다. 그것은 김이 모락모락 나는 빵을 사 주실 때였다. 그때 빵집은 나무 의자 몇 개 놓인 허름한 천막집이었다. 시장에서 유일하게 빵을 파는 곳이라 나무 의자는 언제나 비어 있는 때가 없었다. 시장 중간에 있던 그 집은 뿜어져 나오는 하얀 김 냄새로 지나가는 사람들의 배를 요동치게 했다. 엄마의 손을 놓쳤던 그날도 나는 빵집 앞에서 정신을 놓고 말았다.

지금이야 언제든 마트에 가면 원하는 물건을 살 수 있지만 그 시절에는 모든 생활용품이나 식료품들을 5일장에서 해결해야만 했다. 그러니 작은 읍내의 장날은 서로 어깨가 부딪칠 정도로 사람이 복작댔다. 초등학교 몇 학년 때였는지 기억이 또렷하지 않지만 어느 순간 천막이었던 빵집은 '음성빵집'이라는 간판이 걸린 어엿한 상점으로 변신했다. 몇 년 전에는 음성빵집이 모 프로그램에 맛집으로 방영되면서 한때는 줄을 서야 빵을 먹을 수 있었다.

음성빵집 지척에 있는 '영화만두'는 우리 집 아이들이 좋아하는 만두 맛집이다. 명절이나 김장을 하는 날이면 미리 김치만두와 고기만두를 넉넉히 주문해 놓는다. 물론 설날에 집 만두를 빚기는 하지만 그럼에도 아이들은 영화만두의 만두를 먹고 싶어 한다. 집 만두에는 소금을 넣어 삭힌 고추가 들어가니 그냥 먹기에는 매워 속

21

이 쓰리고 부드럽지도 않다. 아이들이 영화만두의 만두를 좋아하는 이유는 매콤하면서도 부드러워 감칠맛이 나기 때문일 것이다. 그럼에도 만둣국에는 얼큰하고 개운한 집 만두가 제격인 건 두말할 나위가 없다.

영화만두는 사실 친정 엄마를 생각나게 하는 집이다. 엄마가 돌아가신 지 벌써 10년이 지났지만 그날을 생각하면 지금도 명치끝이 아리다. 그날은 어느 겨울의 끝이었다. 그날따라 엄마가 보고 싶었다. 큰딸아이와 함께 영화만두에서 김치만두와 찐빵을 사서는 읍내에서 5리쯤 되는 친정집으로 향했다. 마루에 어지럽게 널린 엄마의 옷은 진흙으로 범벅이었다. 황망한 마음에 방문을 여니 이불 속에서 바들바들 떨고 계시던 엄마가 보였다. 엄마는 떨리는 목소리로 동네 어귀에서 하얀 택시를 피하다 도랑으로 떨어졌고 겨우겨우 집까지 왔다고 하셨다. 그날 도랑 벽에 머리를 심하게 부딪치는 바람에 엄마는 뇌를 다치고 말았다. 그 후 치매로 병원과 요양원을 전전하다 끝내 집으로 돌아오지 못하셨다. 영화만두 주인장도 나를 보면 그 집 만두를 좋아하시던 엄마가 생각나시는지 아주 가끔 기억 속의 엄마를 불러내신다.

그러고 보니 음성빵집과 영화만두는 모두 어머니를 소환하고 추억하게 만드는 집이었다. 물론 영화만두는 음성빵집보다 역사가 그리 오래되지는 않았다. 그럼에도 음성 사람이라면 두 집에 대한 추억 하나쯤은 가슴에 품고 있을 것이다.

며칠째 내린 눈으로 음성은 설국이다. 이렇게 어깨가 움츠러들고 옷깃을 여미게 되는 날이면 나도 모르게 빵집으로 발길이 향한다. 유독 커다란 솥뚜껑이 열리는 그 순간을 좋아한다. 뿜어져 나오는 김 속에서 몽실한 찐빵을 만나는 그 순간은, 아마도 장터에서 엄마와 내가 허기를 달래던 그 먼 추억을 소환하는 일이기 때문이리라.

잃어버린 추억,
길선당

길선당은 연세가 지긋한 부부가 운영을 했던 분식집이 었다. 정도 많고, 인상도 좋았던 두 분은 거의 매일 가다 시피 해서 그런지 나를 딸처럼 대해 주셨다. 이상하게 밖에서 먹는 밥은 금방 소화가 돼 헛헛했지만 길선당 라 면은 야채가 많아서인지 배가 든든했다.

나의 20대는 가난했고, 고달팠다. 그 시절 대부분의 소녀들은 대 학에 진학할 수가 없었다. 집집마다 대학을 갈 수 있었던 사람들은 대개 집안의 장남들이었다. 그때는 아이들이 참 많았다. 지금은 출 산율의 절벽으로 인구 증가에 대한 정책이 매년 뉴스를 장식하지 만, 1980년대 초까지만 해도 산아 제한 정책을 펼쳤던 때였다. "아들

딸 구별 말고 둘만 낳아 잘 기르자."라는 표어가 온 나라를 장식했던 시대였다. 음성의 초등학교와 중학교는 한 교실에서 60명이 넘는 학생들이 공부를 했다. '콩나물시루' 교실이었다. 하지만 그 시절 부모들에게는 모든 자식들을 지속적으로 공부를 시킬 여력이 없었다.

우리 집도 언니는 초등학교를 끝으로 공장에서 돈을 벌기 시작했고 작은오빠는 중학교만 졸업한 뒤 돈을 벌기 위해 서울로 떠났다. 4남매 중 막내였던 나는 아버지의 반대에도 불구하고 충주에 있는 여자상업고등학교로 진학했다. 하지만 사립 학교였던 탓에 등록금을 낼 수 없어 중도에 산업체 학교로 전학을 해야만 했다. 어쩌면 동네에서 제일 가난했을 집이었는데도 고등학교에 들어갈 수 있었던 것은 아들과 딸을 차별하지 않은 어머니의 영향이 컸지 싶다. 여학생들은 일반 학교보다는 상고를 선호했는데 아무래도 취업이 빨랐던 이유일 것이다. 집안의 기둥이었던 큰오빠는 청주에 있는 4년제 국립 대학교에 들어갔다.

나는 고등학교를 졸업하자마자 서울에 있는 출판사에서 일을 시작했다. 하지만 2년도 채 안 돼 고향인 음성으로 내려오고 말았다. 복잡한 서울 생활에 적응하기가 쉽지 않았다. 집으로 내려온 뒤 얼마 지나지 않아 읍내에서 경리 일을 하게 되었다. 지금은 없어졌지만 당시에는 음성에서 제법 큰 회사였다. 음성 가섭산에 채석장을 둔 '청원물산'이라는 곳이었다. 그곳에서 파낸 돌은 단단했고 돌에 새겨진 무늬가 아름다웠다. 그 덕에 일본으로 수출을 많이 했던 석재회사였다. 하지만 채석으로 인해 가섭산 훼손이 심각해졌고 주

25

민들의 민원으로 1990년대 말 더는 채석을 할 수 없어 청원물산도 문을 닫게 되었다.

청원물산에서는 점심이 제공되지 않아 각자 해결을 해야만 했다. 한 푼이 아쉬웠던 그때 내가 주로 이용했던 식당은 직장과 10분 거리의 시장통에 있었다. 물론 청원물산의 주위에 식당이 없던 것도 아니었다. 하지만 가격이 저렴했던 시장통의 분식집을 자주 이용했다. 주로 라면을 먹었는데 그 집에서 제일 값이 싸기도 했거니와 주머니 사정이 넉넉지 않았던 이유이기도 했다. 길선당은 연세가 지긋한 부부가 운영을 했던 분식집이었다. 정도 많고, 인상도 좋았던 두 분은 거의 매일 가다시피 해서 그런지 나를 딸처럼 대해 주셨다. 내가 먹던 라면은 제일 저렴한 그냥 라면이었기에 계란이나 떡도 들어가지 않았다. 그 대신 야채를 푸짐하게 넣어 주셨다. 이상하게 밖에서 먹는 밥은 금방 소화가 돼 헛헛했지만 길선당 라면은 야채가 많아서인지 배가 든든했다.

당시 내 월급은 7만 원을 조금 넘는 정도였다. 월급을 타면 엄마에게 5만 원을 주고 2만 원으로 한 달을 살았다. 허기지고 주리기만 했던 그 시절이 가끔 그리울 때가 있다. 그 시절에 비하면 지금은 모든 것이 풍족하고 여유로워졌지만 그래도 여전히 그때가 그리운 건 왜일까? 모두가 힘들고 어려웠던 그 시절, 형제간의 우애와 이웃 간의 온정은 고된 세상살이의 버팀목이 되곤 했다. 길선당, 추억 속으로 사라진 그 집이 이리도 그리운 건 아마도 허기진 내 젊은 날을 든든하게 해 주었던 때문은 아니었을까.

26   1. 빵집 옆에 만둣집

정글제과,
빵보다 쫄면

정글제과 쫄면은 처음에는 매운지 잘 모르지만 먹다 보면 혀가 얼얼할 정도로 매운맛이 느껴진다. 오랫동안 가시지 않을 만큼 매우면서도 달콤한 맛 때문에 다음 날이면 또 먹고 싶게 만들었다.

여고 시절 미팅이란 걸 했다. 1980년대 그때는 대개 학생들의 미팅 장소가 제과점이었다. 남자들이 눈을 감거나 뒤로 돌아앉으면 여자들은 각자 자신의 물건을 테이블 가운데에 올려놓았다. 그러면 남학생은 마음에 드는 여학생의 물건이길 바라며 집어 간다. 어떤 커플은 서로에게 호감을 가지고 계속 만남을 이어 가기도 했지만 어떤 커플은 서로가 혹은 한쪽이 마음에 들지 않아 제과점을 끝

27

으로 더 이상의 만남이 이어지지 않았다.

　나는 충주에 있는 여자상업고등학교로 통학을 했다. 아마도 2학년으로 올라가서 얼마 되지 않았을 때였지 싶다. 당시 나는 학교 고적대에서 테너 색소폰을 불었다. 충주에서는 가을이면 우륵문화제를 열었는데 그때마다 우리 학교 고적대가 연주를 하며 시가 행렬의 맨 앞에서 사람들의 이목을 끌었다. 고적대 일원이었다는 것을 소문으로 알았는지 나는 남자들에게 제법 인기가 있었다. 그러니 당연히 우쭐댔던 모양이다. 그때를 생각하면 웃음이 절로 난다. 우리의 미팅 날은 토요일, 학교가 파하고 난 시간이었다. 아마도 충주 아카데미극장 근처의 제과점이었을 것이다. 나와 짝이 된 남학생은 쑥스러운지 제대로 얼굴도 들지 못하던 순진한 사람이었다. 그날 음성으로 가는 차 시간이 얼마 남지 않아 그 남학생과 터미널까지 걸어가며 짧은 데이트라는 걸 했다. 그날 이후 그 남학생과는 더 이상 만나지는 않았다. 아마도 그 남학생에게 그리 호감이 가지 않았기 때문이었을 것이다.

　제과점은 당시 많은 역할을 담당했다. 빵을 파는 곳이기도 했지만 청춘 남녀들에게는 만남의 장소가 되기도 했다. 1980년대 음성에도 쟝글제과점이 있었다. 그런데 내가 쟝글제과점을 이용했던 시기는 고등학교를 졸업하고 난 후였다. 아마도 쟝글제과점이 생긴 것도 그쯤이었을 것이다. 예나 지금이나 빵이나 떡을 그다지 좋아하지 않는 편이었기에 그곳에서 빵을 사 먹은 기억은 없다. 하지만 쟝글제과 가게에는 자주 드나들곤 했다. 2층 건물이었던 쟝글제과는 언제부터였는지 모르겠으나 1층에서는 빵을 팔고 2층에서는 쫄면을 팔았다. 내가 다니던 직장과 지근거리에 있어 가끔 점심때면 쫄면을 먹으러 갔다. 쟝글제과 쫄면은 처음에는 매운지 잘 모르지만 먹다 보면 혀가 얼얼할 정도로 매운맛이 느껴진다. 오랫동안 가시지 않을 만큼 매우면서도 달콤한 맛 때문에 다음 날이면 또 먹고 싶게 만들었다. 쟝글제과는 시간이 흐르면서 빵을 팔지 않고 피자전문점으로 변했다. 쟝글피자클럽으로 상호도 바꾸었다. 그리고 자연히 쫄면도 팔지 않게 되었다.

쟝글제과 쫄면은 음성고등학교 입구에 있어 학생들이 자주 이용했던 모양이다. 모르긴 몰라도 음성고등학교 학생들도 쟝글제과에서 미팅이란 걸 꽤나 했을 것이다. 인터넷을 검색하다 보니 쟝글제과 쫄면이 그립다는 글을 발견했다. 음성고등학교를 다녔던 사람인 듯했다. 쫄깃하면서 매콤하고 달콤한 쟝글제과 쫄면, 아마 그 어디에도 그런 맛은 없지 싶다.

그런데 쟝글제과 쫄면에 대한 추억을 그리워하는 것은 나 혼자만이 아니었던 모양이다. 그 마음을 간파한 것일까. 지난해 한성아파트 상가에 '쟝글 쫄면' 가게가 들어섰다. 자연임실피자 체인점에서 곁다리 메뉴로 쟝글 쫄면을 판매하기 시작한 것이다. 알고 보니 피자집 주인장이 그 옛날 쟝글제과 주인장이었다. 그렇잖아도 그립던 맛이었다. 그 가게가 개업하고 얼마 후 쟝글제과 쫄면 맛을 아는 오래된 친구들과 그곳을 찾았다. 그런데 세월의 탓인지, 우리의 입맛이 달라진 탓인지 그 옛날 맛과 똑같지는 않았다. 아무렴 어떠랴.

29

우리는 서로의 얼굴을 보며 달콤하고 매운 쟝글 쫄면을 추억과 함께 맛있게 먹고 돌아왔다.

새댁들의
정보방

아이를 기르는 일은 고된 일이 분명하지만 세 아이를 키
우면서도 힘들었다는 생각이 들지 않았다. 그것은 아마
도 그 시절 함께 아이를 키워 가며 좋은 인연으로 이어
진 사람들 때문일 것이다.

그때는 아기가 있는 집에 들어서면 언제나 마당에 빨랫줄 가득
하얀 기저귀가 펄럭였다. 그 풍경은 싱그러움과 달콤함이었다. 빳
빳한 기저귀도 빨랫방망이로 '팡팡' 두드려 삶으면 보들보들해졌
다. 우리 아이들이 어릴 때 마당에 길게 빨랫줄을 매어 놓았다. 늘
어지지 않도록 중간에 장대로 지지대도 해 주었다. 하얀 기저귀가
바람과 햇볕에 말라 가며 풍기던 달짝지근한 냄새를 생각하면 지

31

금도 행복해진다. 요즘은 면 기저귀를 쓰는 사람이 드물 것이다. 당시에는 교육비며 생활비가 지금과 비교도 되지 않을 만큼 경제적으로 부담이 컸으니 어쩔 수 없는 현실이었다.

30~40년 전만 해도 주위에는 맞벌이 부부가 드물었다. 그때는 정말 남편은 '바깥사람'이었고 아내는 '안사람'이었다. 나를 비롯한 주변의 아내들은 모두 집에서 아이들을 키우고 살림만 하면 되었다. 아이를 기르는 일은 고된 일이 분명하지만 세 아이를 키우면서도 힘들었다는 생각이 들지 않았다. 그것은 아마도 그 시절 함께 아이를 키우며 좋은 인연으로 이어진 사람들 때문일 것이다. 그때는 지금만큼 통신매체가 발전하지 못했던 때라 아기 엄마들은 서로의 경험을 주고받으며 육아에 대한 궁금증을 풀곤 했다. 그렇게 정보를 공유했던 곳이 바로 아기 옷을 파는 곳이었다.

우리 아이들이 어렸을 때만 해도 이곳 음성에는 아기 옷을 파는 곳이 세 군데나 되었다. 해피랜드와 베비라, 아가방이었다. 해피랜드는 수정교 인근에 있던 가게였는데 나와 어울리던 새댁들의 모임 장소이기도 했다. 해피랜드의 주인장은 지금도 같은 모임에서 만나며 가까운 인연을 이어 가고 있다. 베비라와 아가방은 시장통에 있던 가게였다. 그런데 그 가게들이 아가방만 남기고 꽤 여러 해 전에 문을 닫았다. 그만큼 아기 옷을 찾는 사람들의 수요가 줄었기 때문이다. 그나마 명맥을 이어 오던 아가방마저 얼마 전에 문을 닫고 말았다. 물론 신생아 수가 줄어드니 아기 옷을 찾는 사람이 없는 것도 당연하겠지만 그보다 요즘 웬만한 아기용품은 인터넷으로 구입할 수 있다는 것이 그 이유일 게다. 맞벌이를 해야 하는 가정이 대부분이니 번거롭게 시간을 내어 가게까지 가서 구매하기보다는 시간에 제약을 받지 않는 인터넷으로 저렴한 제품을 구입하는 것이 여러모로 경제적이기 때문이다.

그것을 반증하듯 전국의 학교 수가 줄고, 산부인과와 소아과가 사라지는 추세이다. 음성에도 산부인과와 소아전문 병원이 없어진 지 오래다. 유치원의 원생 수도 워낙에 적다 보니 각 유치원마다 두세 개 반에 불과하다. 요즘은 아기를 낳는 것이 애국이라고 한다. 각 지자체마다 출산장려금으로 출산을 장려하고 있다. 음성군에서도 아기를 낳으면 출산장려금을 준다고 한다. 하지만 그것은 근본적인 해결책이 될 수 없다. 아기를 편하게 기를 수 있고, 자녀들의 교육이 경제적 부담이 되지 않도록 국가가 대책을 세워야 할 일이다.

지금은 옛날이야기가 되어 버린 말이 있다. "자기가 먹을 건 다 갖고 태어난다.", "낳아 놓기만 하면 알아서 크게 마련이다." 지금의 신혼부부들은 이 말을 절대 신뢰하지 않는다. 결혼을 하면서 빚을 안고 사는 부부가 태반이며 아이들을 키우는 데 양육비와 사교육비에 대한 부담이 크기 때문이다. 당장 나부터도 자식들이 결혼을 하게 된다면 아이를 낳으라고 말할 수 있을지 모르겠다. 그럼에도 부디 아기들의 울음소리가 여기저기서 들리는 날이 오기를, 그리하여 우리나라의 앞날이 무지갯빛으로 빛날 수 있기를 소망해 본다.

봄의 맛,
불미나리 삼겹살

삼겹살이 익기 전 미나리전이 먼저 나왔다. 진한 미나리
향이 느껴지는 전을 먹으니 벌써 배가 든든했다. 그런데
도 삼겹살이 익자 젓가락이 연신 춤을 춘다. 돼지고기
누린내는 어디 가고 향긋한 미나리 향이 삼겹살 맛을 한
층 돋운다.

봄, 꽃의 향연이다. 산수유, 개나리, 진달래, 목련, 벚나무 등 나무
들이 바투 꽃을 피워 내는 중이다. 눈을 어디로 돌려도 사방 천지가
온통 꽃 잔치다. 그런데도 사람들은 성이 차지 않는지 꽃을 보기 위
해 전국의 명소를 찾아 떠나기 바쁘다. 하지만 어디 잔치를 벌인 것
이 꽃뿐이랴. 봄나물들에게도 봄은 몸을 달뜨게 만드는 계절이지

1. 빵집 옆에 만둣집

않던가.

남들은 주말이라 꽃구경을 간다지만, 나는 봄을 먹으러 가는 중이다. 딱 이맘때, 3월이 지나면 먹을 수 없다는 불미나리 삼겹살 행사장이 그곳이다. 어느 해는 3월이 훌쩍 지나고 나서야 생각이 나는 바람에 그만 놓쳤던 때도 있었다. 올해는 다행히도 C 여사님 덕분에 귀한 불미나리를 먹게 되었다. 불미나리는 돌미나리라고도 하는 밭 미나리를 말한다. 이곳의 불미나리는 향도 진하고, 줄기도 전혀 질기지 않아 생으로 먹어도 식감이 좋다. 미나리는 각종 비타민과 무기질, 섬유질이 풍부한 알칼리성 식품이니 영양 만점의 봄나물인 셈이다.

음성의 구안리 청정 불미나리 먹거리 행사는 2013년부터 운영되어 온 마을기업으로 3월 한 달간만 운영한다. 이곳의 불미나리는 300미터 암반수로 재배를 해서일까. 여느 미나리에서 느껴지는 쓴맛이 없다. 오히려 달큰한 맛이 난다. 삼겹살이 익기 전 미나리전이 먼저 나왔다. 진한 미나리 향이 느껴지는 전을 먹으니 벌써 배가 든든했다. 그런데도 삼겹살이 익자 젓가락이 연신 춤을 춘다. 돼지고기 누린내는 어디 가고 향긋한 미나리 향이 삼겹살 맛을 한층 돋운다.

모두들 배가 든든한지 삼겹살을 가져가는 젓가락이 점점 느려지고 있을 때쯤, 주인장이 우리 곁으로 다가왔다. 단아한 외모만큼이나 걸음걸이가 조용하다. 이렇게 번잡스러운 식당 일과는 거리가 먼 분이라 생각했다. 사실 이곳 불미나리 행사장 안주인은 음성 향교에서 예절사를 지내셨고, 한복을 만드는 장인이다. 나와 인연을

35

흐느실,
외갓집 가는 길

맺은 것은 10여 년 전쯤으로 거슬러 올라간다. 음성자원봉사센터에서 있었던 교육봉사 강사 전문 봉사단 양성 과정에서 그분을 만났다. 말씀을 하실 때도 큰 소리를 내는 법이 없으셨다. 우리는 함께 수업을 받으며 제법 가까이 지내는 사이가 되었지만, 교육봉사 활동이 뜸해지면서 점점 서로에 대해 소원해졌다.

인연이라는 것이 참 소중하다는 생각이 든다. 불현듯 만나도 좋고, 곁에서 바라만 보아도 지그시 미소가 번지는 분이다. 그분을 생각하면 한복을 곱게 입은 모습이 먼저 떠오른다. 그런데 한복을 입지 않아도 풍겨져 나오는 단아함은 어찌 숨길 수 없나 보다. 그분은 공군 대령 조종사 출신의 남편과 함께 서울에서 이곳 음성 구안리에 뿌리를 내리셨다. 두 분의 모습을 보면 늘 고마움이 앞선다. 더구나 이곳에 불미나리를 재배하여 많은 사람들에게 건강함을 제공하니 그 또한 감사할 일이다.

오늘은 주말인데도 3월의 끝 무렵이라 그런지 손님이 그리 많지 않다. 북적이지 않아, 여유 있게 음식을 즐긴 것 같다. 이곳도 예전과는 많이 달라졌다. 주차장이 협소해 들어오는 길에 일렬로 차를 세우느라 여간 불편한 게 아니었는데 이제는 번듯하게 넓은 주차장이 생겨 반가웠다. 또한 넓은 주차장 한옆으로 카페를 짓느라 공사가 한창이다. 주차장과 잇닿아 있는 곳에는 사과 과수원이 있는데 주인 내외의 또 다른 일터이기도 하다. 봄에는 불미나리 재배로, 그 외 계절에는 과수원 일로 바쁜 두 분이다. 아마 불미나리 철 외에도 사과 과수원과 함께 카페로 사람을 불러 모으려는 듯하다. 사과꽃이 지고 풋사과가 달리면 아마도 카페가 완성되지 싶다.

작별 인사를 하고 나오는데, 안주인이 우리의 뒤에서 아직 미나리 하우스 한 동은 수확 전이니 4월 초까지는 할 것 같다는 말씀을 해 주셨다. 그렇잖아도 한 번만 맛보기에는 아쉬웠던 참이었다. 행사가 끝나기 전에 가족들과 꼭 다시 찾아오리라 다짐을 해 본다.

집으로 돌아오는 길, 누가 저리도 수채화를 예쁘게 그렸을까. 노란색, 초록색, 붉은색 칠을 한 봄 산이 아쉬운 듯 저 멀리서 우리들을 배웅하고 있었다.

시골 맛,
오생 도토리묵집

오생 도토리묵집은 음식을 만드는 사람도, 나르는 사람
도, 계산을 하는 사람도 모두 한 가족이다. 주방은 어머
니가, 계산은 아버지가, 나르는 것은 아들과 며느리가
한다. 그리 오랫동안 맛도 사람의 정도 달라지지 않고
변함없이 좋은 것은 아마 그 때문일 것이다.

어느새 뜨끈한 국물이 그리워지는 계절이다. 오늘은 오후부터 비
가 추적추적 내린다. 이렇게 비가 오거나 기온이 내려가는 날에는
가고 싶어지는 곳이 있다. 가을과 제일 잘 어울리는 집, 오생 도토
리묵집이다. 뜨끈한 도토리묵밥 한 그릇이면 마음도 몸도 그리 든
든할 수가 없다. 도토리묵밥을 좋아하는데도 집에서 쉬이 하기는

1. 빵집 옆에 만둣집

어렵다. 어쩌면 오생 도토리묵밥을 먹어 봤으니 그보다 맛있는 묵밥을 만들 자신이 없기 때문이리라. 그러고 보면 도토리만큼 구하기도 쉽고 친숙한 음식은 없지 싶다. 벼가 흉년일 듯싶으면 꽃을 많이 피워 열매가 많이 달리게 한다는 참나무. 참으로 영리하기도 하고, 사람을 어지간히 좋아하는 나무라는 생각이 든다. 도토리는 예로부터 사람들의 사랑을 제일 많이 받은 식량이었다. 조선시대에는 가을이면 관아에 일정량의 도토리를 바쳐야 했다. 그렇게 관아에 비축해 놓은 도토리는 흉년이 들면 백성들의 비상식량으로 쓰였다. 임금님 또한 도토리로 끼니를 때우는 백성들과 고통을 함께한다는 뜻으로 도토리로 만든 음식을 상에 올리게 했다고 한다.

　음성 생극에는 정말 유명한 맛집이 있다. '오생원조도토리묵집'이 바로 그 집이다. 음성 읍내서는 제법 거리가 있어 그곳을 가는 날은 대개가 주말이다. 그 집은 쉬는 날이 없다. 명절에도 당일 하루만 쉬기에 명절을 보내고 다음 날 가 보면 알음알음으로 온 사람들로 앉을 자리가 없다. 명절 음식에 질리기는 내남없이 다 같은가 보다. 운이 좋으면 바로 들어갈 수 있지만 대개는 줄을 서야 들어갈 수 있다. 그러니 그런 사정을 아는 이는 사람이 몰리는 시간을 피해서 간다. 그 집이 지금은 생극 방면 쪽에 있지만 예전에는 용원에서 금왕으로 넘어가는 길에 있었다.

　생각해 보니 그 집을 드나든 지도 벌써 20년이 훌쩍 넘었다. 묵집과의 인연은 음성 창작교실을 다니던 때로 거슬러 올라간다. 음성 창작교실에서 수필 공부를 시작한 것이 25년 전이다. 음성은 수

39

필을 쓰는 사람이 많은 곳으로도 유명하다. 그것은 지금 산수의 나이를 훌쩍 넘기신 연세에도 열정으로 제자들을 가르치고 계시는 B 선생님 덕이다. 30대에서 60대의 주부들과 가장들이 모여 창작교실에서 수필 수업을 받았다. 회원들은 친동기간처럼 우애가 좋았다. 선생님과도 부모 자식처럼 살가운 정이 도타웠다. 우리는 수업이 끝나면 강의실에 가져다 놓은 밥솥에 밥을 해서 각자 집에서 가져온 반찬으로 밥을 먹었다. 진수성찬이 따로 없었다. 하지만 특별한 날에는 뜨끈하고 개운한 묵밥을 먹으러 오생 도토리묵집을 찾곤 했다. 그때는 묵집이 지금과 달리 산과 가까이 있어 밥을 기다리는 동안 창밖을 보는 재미가 좋았다. 아마도 어느 여름이었을 게다. 운무가 내려앉은 덤부렁듬쑥한 산이 얼마나 아름답던지 잊을 수가 없었다. 그날 집으로 돌아와 한 편의 글로 남겨 놨던 기억이 난다.

오생 도토리묵집은 음식을 만드는 사람도, 나르는 사람도, 계산을 하는 사람도 모두 한 가족이다. 주방은 어머니가, 계산은 아버지가, 나르는 것은 아들과 며느리가 한다. 그리 오랫동안 맛도 사람의 정도 달라지지 않고 변함없이 좋은 것은 아마 그 때문일 것이다. 단골이라서 좋을 때도 있다. 언젠가 남편이 육수 한 그릇을 부탁했는데 그다음부터는 우리 부부가 자리에 앉으면 말을 하지 않아도 육수를 한 그릇 슬그머니 가져다 놓으신다. 그때마다 가슴이 따뜻해진다. 오생 도토리묵집에 그리도 많은 사람들이 줄을 서서 먹는 것은 다녀간 사람들이 만든 입소문 덕분이다. 먹다 보면 서울에서 부러 먹으러 왔다는 사람도 있고, 저 아랫녘에서 왔다는 사람도 있다.

요즘은 맛집을 찾아 여행하는 사람들도 적지 않다. 그러니 이렇게 맛있는 묵집을 찾아오는 것은 당연한 일일 것이다.

며칠 전 무서리가 내렸다. 겨울이 얼마 남지 않았다는 신호다. 산수유나무를 뒤덮던 환삼덩굴은 어느새 씨앗을 옹글게 만들었고 푸르던 잎들은 할 일을 다 했다는 듯 누렇거나 거무죽죽하게 패잔병처럼 늘어졌다. 바짝 마른 잎들은 바람 그네를 타는 중이다. 그러고 보면 가을은 모든 생명들이 갈무리를 해야 하는 제일 중요한 계절이다. 점점 들판은 휑해지고, 나무들도 빈 몸으로 겨울을 준비할 것이다. 나도 든든하게 도토리묵밥 한 그릇으로 속을 채우고, 이 가을의 터널을 잘 지나려 한다. 겨울이 결코 두렵지 않게.

목욕탕,
그 집

목욕탕은 한산하고도 휑했다. 아담한 탈의실을 지나 탕 안으로 들어갔다. 순간 그 옛날 어머니와 나의 모습이 눈앞에 펼쳐졌다. 소나무 껍질 같은 손으로 딸의 등을 밀어 주는 어머니, 아프다며 몸을 비트는 어린 딸. 어머니의 얼굴에도 딸의 얼굴에도 송글송글 맺힌 땀이 흘러내렸다.

읍내에 '음성목욕탕'이 들어선 건 1960년대 말, 내가 초등학교도 들어가기 전이었다. 하지만 나는 중학생이 된 후에야 읍내 목욕탕을 처음으로 가 보았다. 그 전에는 칠흑 같은 밤 동네 개울에서 또래 친구들과 목욕을 하는 게 다였다. 그러다 날이 추워지면 어머

1. 빵집 옆에 만둣집

니는 부엌 아궁이 앞 큰 대야에 따뜻한 물을 받아서 몸을 씻게 하셨다.

음성목욕탕 건물은 3층이었는데, 1층은 목욕탕이었고 2층과 3층은 여관을 겸했다. 그렇게 큰 건물이 읍내에 들어선 것이 당시에는 여간 놀랍고 신기한 일이 아니었다. 때문에 목욕탕에 가는 날이 얼마나 가슴이 설렜는지 모른다. 사실 친구들과 개울에서 목욕을 하는 것이 언제부턴가 즐겁지 않았고, 누군가 볼까 두려워 부랴부랴 해치우느라 바빴다. 아마도 초등학교 고학년이 되면서 나타난 2차 성징으로 인해 모든 것이 예민했던 모양이다. 따뜻한 물이 가득 담겨 김이 모락모락 피어오르는 온탕에 몸을 담그면 얼마나 기분이 좋았는지 모른다. 읍내에서 유일했던 목욕탕은 언제나 만원이었다. 목욕탕 인심도 넉넉하던 때였다. 그때까지만 해도 여탕에는 세신사가 없어 처음 보는 사람끼리 등을 밀어 주었다. 그렇게 서로의 등을 밀어 주며 정을 쌓았고, 길을 가다 만나면 반갑게 안부를 묻는 사이가 되기도 했다. 그렇다고 해서 우리 가족이 목욕탕에 자주 갈 수 있었던 것은 아니었다. 여름이면 뒤란의 펌프 물을 받아 놓았다가 태양 빛에 데워진 물로 목욕했고, 겨울이면 아궁이 앞에서 대야에 물을 받아 목욕하는 때가 더 많았다.

35년 전쯤, 결혼식이 있던 그날도 나는 첫새벽에 음성목욕탕을 찾았다. 한기가 느껴지는 텅 빈 목욕탕에서 떨리고 설레는 마음을 눅잦혔다. 그리고 무사히 결혼식을 마칠 수 있었다. 아이가 태어나고부터는 그곳을 자주 이용했다. 연탄으로 난방을 했던 시절이니

43

변변히 목욕을 할 공간이 어디 있었겠는가. 어느 해인가 아이 둘을 데리고 목욕탕에 간 일이 있었다. 그때 나는 셋째를 임신한 만삭의 몸이었다. 내가 얼마나 힘들어 보였는지 옆자리에 계시던 어느 아주머니가 아이들을 대신 씻겨 주셨다. 지금은 집집마다 욕실이 있으니 목욕탕을 찾는 사람들이 드물겠지만 그때까지만 해도 목욕탕은 한 달에 두세 번씩 꼭 가게 되는 곳이었다.

"한 번도 안 가 본 사람은 있어도, 한 번만 가 본 사람은 없다."는 말이 바로 '음성목욕탕'을 두고 하는 말이 아닐까 싶다. 그 집 목욕탕은 물이 좋다는 입소문 덕에 사람들이 끊이질 않았다. 이상하게도 그 집에서 목욕을 하고 나면 몸에 화장품을 바르지 않아도 몸이 맨질맨질했다. 물론 그 집을 이용하는 사람들이 많은 데는 물이 좋은 것도 있지만 안주인의 역할도 한몫했다. 몇 년 후 읍내에 다른 목욕탕이 들어섰음에도 그 집 목욕탕은 언제나 사람들이 많았다. 안주인은 언제나 목욕탕 입구 계산대를 지키고 있었는데 풍채만큼이나 후덕한 인품을 지닌 사람이었다.

세월이 흘러 안주인이 돌아가시고 언제부터인가 며느리가 그곳을 지킨다. 그런데 이상한 것은 시어머니와 며느리가 닮아도 너무 닮았다는 것이다. 가족이 되면 닮는다더니 그 말이 틀린 말은 아닌가 보다. 그런데 아쉽게도 요즘에는 그 집 목욕탕을 자주 이용하지 못한다. 목욕탕이 문을 일찍 닫는 탓이다. 일에 치여 사람이 드문 시간을 택해 목욕하는 것을 좋아하는 나로서는 그 집을 이용하기가 쉽지 않다. 지금은 읍내에도 24시간 운영하는 찜질방 겸 목욕탕이 있어 그곳을 이용하거나, 보통은 집에서 간단히 샤워를 하는 편이다.

얼마 전 오랜만에 그 집으로 목욕을 하러 갔다. 세월의 흔적은 목욕탕 곳곳에 남아 있었다. 목욕탕은 한산하고도 휑했다. 아담한 탈의실을 지나 탕 안으로 들어갔다. 순간 그 옛날 어머니와 나의 모습이 눈앞에 펼쳐졌다. 소나무 껍질 같은 손으로 딸의 등을 밀어 주는 어머니, 아프다며 몸을 비트는 어린 딸. 어머니의 얼굴에도 딸의 얼굴에도 송글송글 맺힌 땀이 흘러내렸다.

칼바람이 옷 속을 헤집고 들어온다. 따뜻한 그 집, 음성목욕탕에는 오늘도 사람들의 이야기가 역사가 되어 모락모락 피어오르고 있겠지?

통닭도
수정이 될 수 있을까?

우리가 가게에 들어서자 어느 결에 자리를 슬그머니 피했던 친구 남편이 주문이 들어왔음을 어찌 알고 냉큼 문을 열고 들어왔다. 부부가 나란히 서서 닭을 튀기기 시작한다. 부부는 닮는다더니 등을 맞대고 있는 둘의 모습이 참 많이 닮았다.

순하디순한 사람이었다. 벌레 한 마리도 잡지 못할 것 같았다. 40년 전에는 분명 그랬다. 그런데 지금은 생닭 한 마리쯤 토막을 내는 데 아주 짧은 시간이면 족하다. 남편이 사람 허리쯤 오는 단단한 통나무를 어디서 구해 왔는지 도마로 만들어 주었다. 크고 묵직한 칼이 통나무 도마 위에서 장단을 맞추며 춤을 춘다.
'탁탁탁, 탁탁, 탁탁탁탁'

1. 빵집 옆에 만둣집

닭 한 마리가 일순간에 동강이 나 플라스틱 대접에 들어앉았다. 양념을 버무릴 큰 바가지에 방금 전 소금과 후추로 밑간을 한 동강 난 닭을 쏟아붓더니 몇십 년의 익숙한 손놀림으로 양념이 배합된 바가지를 위아래로 까부른다. 어느새 양념이 골고루 배어들었는지 자르르 윤기가 돈다. 그렇게 양념이 된 닭은 냉장고 속에서 숙성의 시간을 보내야 한다.

우리 집 냉장고보다 두세 배는 됨직한 커다란 냉장고 문을 닫은 다음에야 그 여린 친구가 의자를 가지고 와 앉았다. 중학교 때부터 둘도 없던 내 단짝 친구는 통닭집 주인이 되었다. 말수가 적고 수줍음이 많던 친구였다. 그런 친구가 통닭집을 하리라곤 꿈에도 몰랐다. 삶이 어디로 흘러갈지는 아무도 모른다더니 과연 틀린 말은 아닌 듯싶다.

친구도 나도 지나온 세월이 쉽지 않았지만 그동안 열심히 잘 버티며 살았다. 훈장이라고 해야 할까. 서 있는 시간이 많은 친구는 하지정맥으로 다리가 불편하고, 수업이 많은 나는 왼쪽 어깨와 족저근막염으로 고통이다. 이만큼의 세월을 부려 먹었으니 몸 여기저기가 고장 나는 것은 당연하다. 어디 세월의 흔적이 어깨와 다리에만 남았겠는가. 눈은 침침하고 얼굴에는 주름도 많다. 머리에는 흰 눈이 내려앉아 염색으로 감추기 급급하다. 친구를 보고 있자니 우리의 젊은 날이 주마등처럼 지나간다.

우리의 청춘은 그래도 꽤나 즐겁고 근사했다. 요즘 말로 '남자 사람 친구' 녀석들과 젊은이들의 요새였던 '비원'에서 많은 시간을 보냈다. 야채 시장 골목 중간 지하에 있던 비원, 지금은 사라지고 없지만 40년 전만 해도 음성에서는 고급 레스토랑이었다. 음성 젊은 이들에게 있어 만남의 공간을 다방에서 레스토랑으로 진화시키는 데 큰 역할을 했던 곳이 바로 비원이었다. 말수가 적고 수줍음이 많던 친구는 내 꼬드김에 넘어가 함께 어울리게 되었다. 각자 직장에서 일이 끝나고 나면 우리는 그곳에서 고달프고 힘든 하루를 위로받곤 했다. 맥주잔을 부딪치며 삶에 대한 고충과 앞날에 대한 회의를 쏟아 내고 나면 또 툭툭 털고 일어설 수 있었다. 그렇게 청춘을 함께했던 '남자 사람 친구들'과는 지금도 가끔 만나 삼겹살에 소주를 나누고 있는데, 그때마다 소환하는 그 시절 추억은 우리에게 최고의 안주가 되어 준다.

뜨거운 커피를 반쯤 마셨을 무렵 튀김 통닭 주문 전화가 요란하게 울렸다. 우리가 가게에 들어서자 어느 결에 자리를 슬그머니 피했던 친구 남편이 주문이 들어왔음을 어찌 알고 냉큼 문을 열고 들어왔다. 부부가 나란히 서서 닭을 튀기기 시작한다. 부부는 닮는다더니 등을 맞대고 있는 둘의 모습이 참 많이 닮았다. 나는 지금껏 친구의 남편과 길게 말을 섞어 본 적이 없다. 부러 말을 시켜도 멋쩍은 표정으로 짧은 대답을 하고는 사라져 버리니, 종종 친구가 생각나 가게에 들러도 편하지가 않아 금세 일어나게 된다.

양념이 잘 스며들어서일까. 아니면 친구의 정성이 깃들어서일까. 기름을 쏙 뺀 닭고기에 양념을 덧입히니 발그스레한 빛이 난다. 그 위에 깨까지 솔솔, 화룡점정이다. 맛깔스러운 통닭 보석이라 해도 되겠다. 그래서 '수정통닭'이 되었나 보다.

음성 장날의
귀인들

그 아저씨는 언제나 빨간 코로 유명했는데 싱글벙글한 인상만큼 넉살도 좋은 분이었다. 그런데 어느 날인가부터 보이지 않더니, 김 장수 아저씨의 자리를 야생화 파는 부부가 차지했다. 들리는 소문에 술로 인해 병에 걸려 돌아가셨다고 했다. 세월이 무심하기만 하다.

북적이는 장터에서는 누구라도 만나면 반갑다. 이틀이 멀다 하고 만나는 지인도 장터에서 만나면 반갑고, 오랜만에 만나는 사람은 더욱더 반가운 곳이 장터다. 그래서인지 살 것이 없어도 장에 나갈 때가 더러 있다. 갈 때는 그냥 눈요기나 할 양으로 나섰다가도 싱싱한 나물을 보면 지나치지 못한다. 그러다 보면 어느새 두둑한 비닐

49

봉지를 양손 가득 들고 돌아오는 때가 많다. 아니, 백이면 백 그렇지 않은 날이 없다.

예전 시골 아낙들은 5일장이면 수확한 곡식을 내다 팔아 살림살이를 장만했다. 뿐만 아니라 시골 아낙들에게 장터는 소통의 장소이자 지친 삶을 충전하는 곳이었다. 어린 시절, 나는 어머니를 따라 장에 가는 날만 오매불망 기다리곤 했다. 곤궁한 살림 탓에 장에 가도 변변히 살 것이 없으니 어린 딸을 데리고 나오는 것을 탐탁지 않게 여기셨던 어머니였다. 하지만 그 사정을 알 리 없는 나는 떼를 써서라도 꼭 따라나섰다. 그렇게 북적이는 사람들 틈에서 어머니의 치맛자락을 꼭 부여잡고 다녔는데 어느 해에는 길 한복판에 있던 빵집에 한눈을 팔다 어머니를 놓친 적이 있었다. 그날 이후로 장을 가실 때면 단단히 다짐을 받고 나서야 데리고 가셨다. 어머니를 닮아서일까, 아니면 어머니가 그리워서일까. 바쁘지 않은 날이면 장에 가는 것이 낙이 되었다.

음성 장은 계절이 함께 따라와 좌판을 벌인다. 어쩌면 음성의 사계절은 장터의 좌판으로 인해 바뀌는 듯하다. 봄이면 오종종한 모종들이 줄을 지어 손님들을 기다린다. 이른 봄에는 상추와 함께 늦추위에 강한 모종들이 선을 보이고, 따뜻한 봄기운이 완연해지면 그때부터는 온갖 모종이 다 나와서 손님들을 불러 모은다. 오이, 호박, 고추, 토마토, 수박, 참외, 옥수수 모종들은 사람들의 손에 들려 여기저기 사방으로 흩어진다. 어떤 모종은 작은 텃밭에 심겨질 것이고 또 어떤 모종은 드넓은 밭에 심겨져 실한 열매를 맺을 것이다.

여름이면 밭과 들에서 뜯거나 따 온 푸성귀와 채소들로 좌판이 풍성하다. 어느 할머니의 좌판에서는 소분된 옥수수와 풋고추, 토마토가 나란히 주인공을 맡았고 또 다른 할머니의 좌판에서는 텃밭에서 딴 오이나 호박, 상추가 주인공이 되었다.

음성 장의 진정한 모습은 어쩌면 가을이다. 음성 농가 중에는 고추나 인삼 농사를 짓는 집들이 많다. 특히 고추는 대부분의 농가에서 짓는 작물 중 하나다. 음성군에서는 마른 고추를 재배하는 농가를 위해 생산자와 소비자가 직접 직거래를 할 수 있는 고추 직매장도 따로 마련해 주었다. 인삼 농사를 짓는 농가를 위해서는 매해 가을마다 축제를 열어 그곳에서 소비자들이 직접 구입을 할 수 있게 해 주었다. 그렇다 보니 가을 장은 외지에서 온 사람들로 들썩인다. 산에서 채취한 버섯도 가을이면 선보이는 단골 먹거리다. 시나브로 겨울이 와도 언제나 그 자리에서 좌판을 벌이는 장돌림들이 묵묵히 자리를 지킨다. 신발, 김, 국밥, 밑반찬, 곡물, 의류, 채소, 과일, 해산물, 두부, 떡, 붕어빵, 튀밥, 농기구, 건어물, 닭 장수들이다.

장돌림들 중 더러는 오랜 세월 낯을 익힌 덕에 단골이 되기도 했다. 그중 신발집은 어머니가 단골로 들르던 곳이라 나도 웬만하면 그곳을 이용한다. 연못을 청소할 때 신는 보라색 긴 장화도 그 집에서 구입했다. 반면 가끔씩 마음이 아플 때도 있다. 특히 단골로 찾던 김 장수 아저씨의 김은 달큰하고 맛있는 게 늘 윤기가 흘렀고, 푸른색이 감도는 청태도 싱싱했다. 믿고 사는 집이라는 게 그 김 장수 아저씨 물건을 두고 하는 말일 게다. 그 아저씨는 언제나 빨간

51

코로 유명했는데 싱글벙글한 인상만큼 넉살도 좋은 분이었다. 그런데 어느 날인가부터 보이지 않더니, 김 장수 아저씨의 자리를 야생화 파는 부부가 차지했다. 들리는 소문에 술로 인해 병에 걸려 돌아가셨다고 했다. 세월이 무심하기만 하다. 또 사계절 내내 언제나 당신이 만드신 장아찌와 산나물, 묵나물을 파시던 할머니가 계신데, 그분 또한 얼마 전부터 모습을 볼 수가 없다. 혹시나 잘못되신 것은 아닌지 걱정이다.

장돌림들은 대개가 음성 사람이 아니다. 그럼에도 음성 장날이면 모두가 반가운 이웃이 된다. 만나면 반갑고, 보이지 않으면 궁금해하고, 좋지 않은 소식에는 마음 아파하는 사이. 그들은 장날이 만들어 준 귀한 인연들이다. 그러니 사람들이 장에 가는 것인가 보다. 벌써 내일이 음성 장날이다. 어느 귀인을 만나려나. 벌써부터 기다려진다.

2.

가섭사, 염계달을 낳다

옛날에는 감원역,
지금은 역말

가을이면 노란 은행잎들이 집 앞을 환하게 밝혀 주었던 은행나무 집은 우리 집과 지척이다. 한옥의 고풍스러움을 간직한 그 집은 주인 할아버지와 할머니가 돌아가신 후 빈집이 되었지만 지금은 한옥 게스트 하우스로 탈바꿈 중이다.

몇 년째 이곳 역말은 공사 중이다. 오래되고 낡은 집들 중 빈집은 군에서 사들여 부수고 새롭게 조성하고 있다. 우리 가족이 이 마을로 이사를 오게 된 것은 약 34년 전이었다. 지금이야 우리 집 앞길이 소방도로가 되어 넓고 훤하지만 30년 전만 해도 좁고 지저분한 골목길에 불과했다. 우리 집 대문과 맞닿아 있던 옆집은 마당이 깊

2. 가섭사, 염계달을 낳다

게 패어 있어 비가 오기라도 하면 바닥이 질척해 밟기가 쉽지 않았다. 그 집은 소를 키우기도 했는데 그 집 말고도 소 키우는 집이 여럿이었다.

역말은 사실 음성 읍내에서도 낙후된 마을이다. 고령자가 많고, 오래된 집들도 많다. 2019년 역말이 도시재생 마을로 선정되었을 때 마을 사람들이 기뻐하던 모습을 잊을 수가 없다. 덕분에 나도 도시재생 현장 활동가가 되어 2년 동안 마을 이곳저곳을 살펴보았다. 그동안 바쁜 일상 탓에 마을 사람들과 소통할 기회가 부족했던 차였다. 낮에는 내 일을 하고 아침저녁으로 마을 사람들을 만나러 다녔다. 내가 맡은 일은 마을 사람들을 만나 집수리에 대한 의견서를 받아 내는 일이었다. 겉으로 보기에는 아무 문제가 없는 집인 것 같았지만 안으로 들어가니 벽이 부식되어 위태롭거나, 비만 오면 빗물이 새어 수리가 급한 집들이 의외로 많았다.

이곳 역말은 조선시대까지만 해도 감원역(坎原驛)으로 불리었다고 한다. 충주 연원도(連原道)의 소속으로 조선 초기부터 조선 후기까지 유지되었던 곳이다. 《여지도서(輿地圖書)》에 의하면 감원역에는 상등마(上等馬) 한 마리, 중등마(中等馬) 다섯 마리, 복마(卜馬) 한 마리가 있었고, 역노(驛奴) 17명, 역비(驛婢) 5명이 배속되어 있었다. 그러니 감원역은 조선시대까지만 해도 이 부근 교통의 중심지였던 셈이다. 그런데 1894년 갑오경장 이후 고종 33년에 전국의 역들이 폐지되면서 이곳 감원역도 사라지게 된 것이다. 역참이 있던 마을을 '역말'이라고 불렀다고 하니 이곳이 과거 감원역이었다는 것은 마을 이름에서나마 희미하게 알 수 있는 부분이다.

　그 옛날에는 사람들의 발길이 끊이지 않았을 거리가 이리도 낙후된 이유는 무엇일까. 역말에는 사실 '흔행이 고개'도 속해 있다. 조선의 24대 왕인 헌종 때, 음성현감은 이 고개에서 죄수들을 참수했다. 또한 전염병에 걸려 죽은 시체를 더금뫼(풍장제의 일종)하던 곳이기도 했다. 그러니 자연히 사람들이 이곳을 멀리했을 것으로 짐작이 간다. 지금은 '흔행이 고개'도 '솔고개'로 이름이 바뀌었다. 아무래도 흔행이 고개에 전해 내려오는 이야기가 좋지 않으니 바꾸었을 것이다. 이 고개는 한일중학교와 음성고등학교, 남신초등학교가 자리하고 있다. 그러니 자라나는 아이들에게 좋지 않은 영향을 줄까 하여 의견을 냈을 것이다. 지금은 명품 가로수 길로 아름답게 조성되어 옛날의 흉흉함은 그 어디에도 없다. 역말도 머지않아 명품 마을로 자리 잡으리라 본다.

　가을이면 노란 은행잎들이 집 앞을 환하게 밝혀 주었던 은행나무 집은 우리 집과 지척이다. 그 집은 우리 마을에서 제법 부유한 유지(有志)의 집이었다. 한옥의 고풍스러움을 간직한 그 집은 주인 할아버지와 할머니가 돌아가신 후 빈집이 되었지만 지금은 한옥 게스트하우스로 탈바꿈 중이다. 유독 역말에는 빈집이 많다. 그것은 독거노인이 많다는 증거이기도 하다. 그것을 방증이라도 하듯 우리 집을 중심으로 앞집과 뒷집 또한 할머니들이 홀로 살다 돌아가신 후로 빈집이 되었고, 옆집 또한 주인이 청주로 이사를 가면서 빈집이 되었다. 사실 우리 골목에서는 우리 부부가 제일 젊은 축에 든다.

　　　　　2. 가섭사, 염계달을 낳다

한동안 여기저기서 굉음으로 요란하더니 드디어 빈집이 헐린 자리에 깔끔한 공원이 조성되고, 번듯한 주차장이 만들어졌다. 또한 작년에 헐린 우리 옆집 터에는 역말의 역사를 알 수 있는 '역말 갤러리'가 들어설 예정이라고 한다. 머잖아 그 옛날 감원역의 영화가 다시 찾아오지 않을까 하는 생각에 벌써부터 마음이 몽글몽글 차오른다.

흐느실,
외갓집 가는 길

오성동
옹기 가마터

친구들과 오르내리던 오성동 그 길이 이제는 그립기만
하다. 아침이면 넘어지지 않으려 아슬아슬 걸었던 논길,
지렁이가 꿈틀대던 비 오는 날의 고갯길, 배부른 까만
항아리들이 반짝이며 모여 있던 가마터의 모습, 그 모든
것들이 마치 어제의 기억처럼 또렷하게 지나간다.

중학생이었던 그때 학교 가는 길은 결코 수나롭지가 않았다.
1980년대 초, 지금처럼 길이 시원하게 뚫리지 않아서 학교에 가려
면 논과 내를 건너야 했다. 특히 비가 오는 날은 질척질척한 흙길에
신발과 옷이 엉망이 되기 일쑤였다. 그러니 비가 오는 날마다 여간
곤혹스러운 게 아니었다. 오성동은 음성여중을 가는 길목에 있던

동네였다. 그 동네는 우리 마을 학생뿐 아니라 산 너머 동음리와 초천리에서 오는 학생들도 꼭 지나야 하는 곳이었다. 우리 집은 읍내에서 조금 벗어난 신천리 중리에 있었다. 음성여중까지는 약 30분에서 40분 거리였으니, 동음리나 초천리에서 오는 학생들은 적어도 두 시간은 걸어야 했을 것이다. 그럼에도 그 친구들은 지각을 하는 법이 없었다.

그 당시 우리는 오성동을 그리 좋아하지 않았다. 그것은 지금도 잊히지 않는 모습 때문이다. 동네 입구에는 큰 다리가 있었는데 아침이면 까맣게 그을린 개들의 사체가 다리 난간에 매달려 있는 때가 많았다. 다리 바로 옆에 개고기를 파는 집이 있었기 때문일 것이다. 그 모습이 얼마나 끔찍하던지 우리는 고개를 돌리고 빠르게 그곳을 지나쳐 갔다. 그렇게 다리를 지나오면 고갯마루인 마을 길 중간쯤 옹기 가마터를 지나가게 된다. 옹기 가마터 때문인지 몰라도 마을 길은 언제나 까맣고 지저분했다. 특히 비가 오는 날은 길이 온통 지렁이로 가득했다. 어디서 그리도 많은 지렁이들이 기어 나왔는지 지렁이를 피해 소리를 지르며 아슬아슬하게 걸음을 옮겼다. 지금은 연립과 상가, 교회 등이 들어서 번듯한 동네가 되었지만 그 시절 그곳은 빈민촌에 가까웠다. 나와 꽤 친하게 지냈던 친구가 옹기 가마터 근처에 살았다. 어느 날 그 친구 집에 가게 되었는데 옹색한 살림살이가 어린 내 눈에도 보였다. 주변의 집들도 친구의 집과 별반 다르지 않게 비금비금해 보였다. 그런데 지금 생각해 보니 그 친구네 가족은 천주교 신자였던 듯하다.

61

사실 오성동에는 천주교 성당이 있다. 중학교 시절 학교가 파하고 나면 친구들과 나는 넓은 잔디밭이 펼쳐진 성모 마리아 동산에서 곧잘 놀다 오곤 했다. 당시 오성동은 점말이라고도 불렸는데 그곳에 유독 천주교 신자가 많았다고 한다. 1940년대 천주교 신자들이 박해를 피해 점말에서 교우촌을 형성하였고, 가마터에서 옹기를 구워 팔아 생계를 꾸려 나갔다. 옹기를 꺼내는 날에는 사람들이 얼마나 많이 몰렸는지 마치 장이 서는 것 같았다고 한다. 까만 항아리들이 반짝반짝 빛을 내며 줄지어 서 있던 광경이 지금도 눈에 선하다.

　지금은 옹기를 굽던 가마터가 흔적도 없이 사라졌고, 고개도 평지가 된 지 오래다. 그리 넓던 다리도 없어져 버렸다. 다시는 돌아갈 수도, 볼 수도 없다는 이유 때문일까. 친구들과 오르내리던 오성동 그 길이 이제는 그립기만 하다. 아침이면 넘어지지 않으려 아슬아슬 걸었던 논길, 지렁이가 꿈틀대던 비 오는 날의 고갯길, 배부른 까만 항아리들이 반짝이며 모여 있던 가마터의 모습, 그 모든 것들이 마치 어제의 기억처럼 또렷하게 지나간다.

　로마의 시인 마르티알리스는 자신의 과거에 대한 기억을 즐길 수 있는 것은 인생을 두 번 사는 것이라고 했다. 돌아갈 수는 없어도, 이렇게 먼 과거를 소환하고 보니 잠깐이었지만 정말 행복한 순간이었다. 그때는 힘들고 어렵고 허기진 줄만 알았다. 하지만 지금 내 삶이 이렇게 빛나는 것은 그동안의 모든 순간과 하루들이 모여, 소중한 결실이 되었기 때문임을 깨달았다. 그러고 보니 마치 또 다른 인생을 만나 본 기분이다.

　　　　　　　　　　　　　　　　2. 가섭사, 염계달을 낳다

박서 장군이 지키는
수정산

봄 산이 사람의 마음을 달뜨게 한다면 가을 산은 마음을 넉넉하게 해 주는 맛이 있다. 서서히 물들기 시작한 길섶에는 키 작은 풀들과 꽃들이 바람에 몸을 맡긴 채 살랑이고, 잔뜩 웅크린 버섯들은 숨죽여 객들을 지켜본다. 수정산 둘레길이 아기자기하니 정겹다.

길을 나섰다. 목적지는 수정산 둘레길이다. 길가에 피어 있던 코스모스가 나붓나붓 가을의 전령사답게 몸을 흔들며 나그네의 마음을 설레게 한다. 수정산을 오르는 길은 세 곳이다. 오늘은 평곡초등학교가 있는 약물재 마을에서 시작하는 등산로를 택했다. 수정산을 등산한 것도 꽤 오래전이다. 둘레길이 생기기 전이었으니 아마도 5년은 족히 넘지 싶다. 오늘 산에 같이 오르는 이는 하루가 멀다 하고 만나는 글을 쓰는 지기이다.

처음부터 너무 얕잡아 본 것일까. 경사가 급한 가풀막길이다. 그동안 등산로도 많이 변했다. 예전에 우리가 올랐던 길은 이런 급경사가 아닌 숲이 우거진 산속이었다. 태양 빛이 온몸으로 쏟아진다. 비 오듯 흐르는 땀을 연신 찍어 내며 산을 오른다. 낭떠러지 길을 지나니 드디어 숲길이다. 이곳부터는 심하지 않은 경사의 아늑했던 옛길이다. 우리는 땀도 식힐 겸 넓은 바위에서 쉬어 가기로 했다. 너무 오랜만에 와서인가 중요한 것을 깜박 잊었다.

그것은 넓은 바위를 오르는 길에 서 있는 비석과의 조우 의식이다. 모양은 그리 좋지 않지만 나는 그 키 큰 비석을 좋아한다. 그래서 올 때마다 꼭 껴안는 버릇이 있다. 그런데 숨도 차고 덥기도 하니 빨리 오르고 싶은 마음에 땅만 보며 길을 재촉하느라 그 비석을 그냥 지나치고 말았다. 바위에 앉아 땀을 닦다 보니 저만치 앞에서 그 비석이 등지고 서 있다. 마치 서운하다는 듯이 말이다. 단숨에 달려가 그 비석과 한 몸이 되어 무언의 인사를 나누었다.

어른 키보다 큰 그 비석에는 '박서장군전승기념비'라는 글씨만이 크게 새겨졌다. 박서 장군이 어느 시대 사람이며, 어느 전쟁에서 이겼다는 것인지 아무런 설명이 없다. 아마도 어떤 이는 박서 장군의 전승비를 마주하면서 6·25 전쟁에서 승리한 분이라고 생각할 수도 있다. 하지만 음성 사람이라면 박서 장군에 대한 이야기를 이미 알고 있는 사람이 많을 것이다. 음성 향토사료에 의하면 박서 장군은

2. 가섭사, 염계달을 낳다

고려시대 사람으로 음성 박씨의 시조라고 한다. 장군은 고려 고종 18년(1231년) 살리타가 이끄는 몽고군 침입 때 김경손 장군과 함께 귀주성을 지켜 낸 인물이다.

　산을 오르는 길목에 우뚝 서 있는 박서 장군의 승전비를 보고 있노라면 왠지 듬직한 마음에 힘든 것도 잠시 부려 놓을 수 있어 좋다. 장군의 비석을 뒤로하고 다시 길을 걷기 시작한다. 이제부터는 정말 수정산 둘레길이다. 봄 산이 사람의 마음을 달뜨게 한다면 가을 산은 마음을 넉넉하게 해 주는 맛이 있다. 또르르 토실한 밤들이 길 위를 점령했다. 크지는 않지만 반짝이며 빛나는 통에 몇 알을 주머니에 넣었다. 서서히 물들기 시작한 길섶에는 키 작은 풀들과 꽃들이 바람에 몸을 맡긴 채 살랑이고, 잔뜩 웅크린 버섯들은 숨죽여 객들을 지켜본다. 수정산 둘레길이 아기자기하니 정겹다. 이런 얘기 저런 얘기를 하며 자박자박 걷다 보니 어느새 양물재 마을로 내려가는 수정산 들머리다. 오랜만의 산행에 다리가 조금 아프지만 가슴은 정말 뿌듯하다. 약속은 안 했지만 우리는 조만간 수정산 둘레길을 다시 찾게 될 것이다. 그것은 땀범벅이 된 서로의 얼굴을 바라보며 웃고 있는 모습만 보아도 알 수 있다.

삼형제 저수지,
육령리에서

저수지 길을 따라가다 보면 은사시나무가 군락을 이룬
곳에 다다른다. 우리는 그곳에서 각자 자신의 나무를 지
정했다. 그래서 육령리 저수지는 '우리들의 나무'가 사는
곳이 되었다.

어느새 길은 후미 부근이다. 울퉁불퉁하긴 했어도 예전에는 참
정다운 길이었는데 이제는 이리도 심심할 수가 없다. 그럼에도 여
전히 낚시꾼들에게는 믿음을 주는 곳인가 보다. 심심찮게 낚시꾼
들이 눈에 띄었다. 여기도 어느새 편리하고 깨끗한 곳으로 바뀌었
다. 그나마 구불구불한 길에서 위안을 삼아야 할까. 음성은 유난히
도 저수지가 많기로 유명하다. 마을마다 저수지를 한두 개씩은 품

2. 가섭사, 염계달을 낳다

고 있는 곳이 음성이다. 그래서인지 홍수도 가뭄도 비껴간다.

오늘은 육령리 저수지를 찾아왔다. 음성읍을 벗어나 금왕으로 들어서는 경계에 있는 저수지다. 육령리 저수지는 삼형제 저수지 중 한 곳이다. 삼형제 저수지는 무극(사정), 금석(육령), 용계(백야) 저수지를 일컫는다. 삼형제 저수지는 1980년에 준공되었다. 산을 뚫어 물이 일정한 방향으로 흐르게 만든 도수터널인 까닭에 세 저수지는 수면의 높이가 언제나 일정하다고 한다. 오랜만에 와서일까. 낯설다. 길가에 우후죽순으로 자라던 나무들은 베어지고 벚나무가 가로수가 되어 사람들을 반긴다. 길이 깔끔하게 정리되어 저수지가 시원하게 한눈에 들어온다. 하지만 내가 원했던 모습은 이런 게 아니었다.

20년도 더 된 이야기다. 20세기의 마지막 해였던 1999년 6월의 어느 날 나는 음성 예총의 한 강의실에서 수필 공부를 시작했다. 20명 남짓의 수강생들은 서로 가족처럼 지냈다. 지금은 음성 예총이 번듯한 문화예술회관 건물에 있지만 그때는 음성 군청 초입 건물 2층에 있었다. 수강생들은 30~60대의 주부와 가장들이 대부분이었다. 어떤 날은 수업이 끝난 뒤 식당에 가서 밥을 사 먹기도 했는데 밥을 먹고 나오면 우리가 늘 가는 곳이 있었다. 그곳이 바로 육령리 저수지다. 저수지 길을 따라가다 보면 은사시나무가 군락을 이룬 곳에 다다른다. 우리는 그곳에서 각자 자신의 나무를 지정했다. 그래서 육령리 저수지는 '우리들의 나무'가 사는 곳이 되었다.

가끔 우리들의 나무가 있는 곳에 혼자서 찾아갔다. 가녀린 여인

67

같은 나무라는 생각이 들었다. 곧게 뻗은 하얀 나무 기둥과 작은 바람에도 하르르 떠는 잎사귀를 보노라면 절로 안쓰러운 마음이 든다. 그럴 때면 어느 결에 나무를 꼭 껴안고 있는 나를 본다. 그렇게 함께 또는 혼자서 찾던 곳이었는데 몇 년 전부터 은사시나무들이 뭉텅뭉텅 잘려 나갔다. 그러더니 급기야 은사시나무 군락이 사라지고 말았다.

예전에는 흙길이었기에 비가 오기라도 하면 걷는 것도, 차로 다니는 것도 쉽지가 않았다. 그래도 걷다 보면 양옆으로 피어난 야생화를 보는 재미가 쏠쏠했다. 하지만 이제 흙길은 시멘트 길로 바뀌고, 길섶도 정리가 되어 지저분한 나무들과 야생화들은 찾아보기가 어렵다. 그나마 오다 보니 산 쪽에 자란 산초나무는 제법 눈에 띄었다. 언제였던가. 남편과 육령리 저수길 길을 산책할 때 산초잎을 삼겹살과 함께 먹으면 맛있다 하여 땄던 기억이 스쳐 지나갔다. 저수지가 끝나 갈 무렵 저만치 은사시나무 두어 그루가 눈에 들어왔다. 잃어버렸던 자식을 만나면 이렇게 반가울까. 용케도 살아남았구나.

이렇게 육령리 저수지 길을 깔끔하게 바꾼 데는 이유가 있었다. 음성군이 이곳을 관광자원으로 활용하기 위해서라고 한다. 음성군은 삼형제 저수지 둘레길 조성사업으로 지역경제 활성화와 더불어 군민에게 휴식을 주는 힐링 공간이 되기를 기대한다. 원래도 육령리 저수지는 낚시꾼들에게 인기가 좋은 곳이었다. 하지만 고르지 못한 흙길이었던 탓에 드라이브 코스로는 그리 좋지 않았다. 이

2. 가섭사, 염계달을 낳다

제는 길도 시멘트로 깔끔하게 조성되어 많은 사람들이 즐겨 찾을 듯하다. 이상하게도 삼형제 저수지마다에는 예쁜 카페와 식당들이 눈에 띈다. 육령리 저수지 상류 '별이 빛나는 밤'이라는 카페도 그 중 하나다. 밤이면 더욱 아름다울 그 카페에서 차를 마시고 저수지 길을 돌다 보면 없던 정도 새록새록 돋아 오르지 않을까 싶다. 조만간 마음을 나누고 싶은 사람들과 다시 찾아오리라.

삼형제 저수지,
사정리에서

봄이면 저수지 가에 몽실몽실 구름 같은 연분홍빛 벚나
무가 사람들을 유혹한다. 그래서 나는 이유가 없어도 부
러 그곳을 찾는다. 여름이면 사정 저수지는 산들의 차지
다. 산은 그 큰 몸을 저수지에 풍덩 담그고 오수에 빠진
다. 물빛도 어느새 짙푸른 색으로 물든다.

일주일에 두세 번은 지나치는 곳이다. 대개는 수업 가는 길에 지
나다니지만 어느 때는 머리를 식히거나 맛집을 가는 길에 지나기
도 한다. 음성에서 금왕으로 가려면 통과를 해야 하는 곳이 사정 저
수지다. 삼형제 저수지인 육령리, 백야리, 사정리 저수지는 모두 강
태공들에게 사랑을 받는 곳이다. 하지만 사랑받는 이유가 약간씩

2. 가섭사, 염계달을 낳다

다르다. 육령리는 대로변에서 벗어나 있어 조용하게 가족들과 휴식을 취하기에 좋다. 반면 백야 저수지와 사정 저수지는 대로변과 접해 있어 사람들의 접근성이 용이하다. 사람들은 휴식보다는 드라이브나 산책을 더 즐기는 듯하다. 그중 사정 저수지는 사람들에게 제일 인기가 높은 곳이다. 지금이야 평택 제천 간 고속도로가 생겨 사정 저수지를 지나가지 않아도 되지만 그 전에는 서울에 가거나 대소에 있는 중부고속도로로 진입하기 위해서는 사정 저수지를 반드시 거쳐야만 했다. 그러니 사정 저수지는 음성 근방 사람들에게 친숙한 곳일 수밖에 없다. 사정 저수지가 사랑받는 데는 또 다른 이유가 있다. 그것은 계절마다 다른 모습으로 사람들을 불러 모으기 때문이다.

봄이면 저수지 가에 몽실몽실 구름 같은 연분홍빛 벚나무가 길게 서서 사람들을 유혹한다. 그래서 나는 이유가 없어도 부러 그곳을 찾는다. 여름이면 사정 저수지는 산들의 차지다. 더위에 지쳐서일까. 산은 그 큰 몸을 저수지에 풍덩 담그고 오수에 빠진다. 물빛도 어느새 짙푸른 색으로 물든다. 그 경치를 보고 있노라면 숨이 막힐 지경이다. 그리고 가을, 벚나무와 산 나무가 합동으로 벌이는 단풍 축제는 정말 화려하다. 물속도 물 밖도 울긋불긋 만산홍엽으로 가을을 달군다. 모든 자연이 눈을 감고 묵언 수행에 들어가는 겨울, 사정 저수지도 그제야 조용히 휴식에 든다. 매서운 겨울바람이 모든 자연을 세차게 채찍질할 때면 사정리 저수지도 한 겹 두 겹 단단히 얼음으로 중무장을 한다. 그리고 용기 있는 누군가가 얼음에 구

71

명을 내고 빙어를 불러내기 시작하면 그때부터는 그 넓은 사정지가 사람들로 북적인다.

그런데 요즘 들어 사정 저수지의 인기가 더욱 높아지고 있다. 그것은 아마도 '솔부엉이 캠핑장' 때문일 것이다. 사정 저수지와 가까운 곳에 있는 이 캠핑장은 원래 사정초등학교 건물이었다. 사정초등학교는 1995년 폐교되어 27년간 폐건물이었다. 그러다 2021년 솔부엉이 캠핑장이 개장되면서 사람들의 이목을 끌고 있는 중이다. 캠핑장이 된 운동장에는 옛 초등학교를 묵묵히 지켜 온 은행나무, 느티나무, 플라타너스나무, 향나무가 오랜 세월을 그대로 품었다. 또한 교정에는 아침마다 교장선생님이 훈화를 하셨을 교단과 이순신 장군 동상, 책 읽는 소녀상이 옛 모습 그대로 있어 추억에 잠기게 한다. 캠핑도 하고 낚시도 할 수 있으니 가족 여행지로 이보다 더 좋은 곳이 또 있을까 싶다.

변신은 무죄라고 했던가. 삼형제 저수지는 요즘 변신 중이다. 지역경제 활성화를 위해 음성군은 삼형제 저수지 둘레길 조성사업에 박차를 가하고 있다. 사정 저수지도 대로변 중간쯤에 있던 컨테이너 편의점이 사라지고 그 자리에는 작은 정원과 함께 휴식 공간으로 꾸며졌다. 가끔 사정 저수지를 지나다 차를 세우고 벤치에 앉아 물멍도 해 보고, 깊고 넓은 호수를 보며 상념에도 빠져 봐야겠다. 계절마다 풍경이 바뀌니 어느 하루 좋지 않을 때가 있을까.

2. 가섭사, 염계달을 낳다

삼형제 저수지, 백야리에서

가을에는 왠지 친구도 그립고, 어딘가로 떠나고 싶어진다. 그건 아마도 봄, 여름을 열심히 살아왔기 때문은 아닐까. 결실의 계절 가을, 시월에는 오래된 친구들을 백야자연휴양림으로 불러내 회포나 풀어야겠다.

바다도 없고 그렇다고 마땅한 유원지도 없는 이곳 음성에서 저수지는 사람들에게 여러모로 휴식을 주는 곳이다. 특히 음성만큼 저수지가 많은 곳도 드물 것이다. 그래서인지 음성의 저수지 주변에는 예쁜 펜션이나 카페, 음식점들이 심심찮게 눈에 띈다. 오늘은 백야 저수지를 찾았다. 삼형제 저수지 중 하나인 이곳은 금왕읍에 속한다. 길쭉한 일자형으로 조성된 저수지다. 바다에 온 듯 가슴이 뻥

호느실,
외갓집 가는 길

뚫릴 만큼 드넓다. 특히 이곳은 저수지 좌우로 둘레길이 조성되어 있어 번잡한 마음을 가라앉히기에 좋다.

가끔 이곳을 찾는다. 어떤 때는 저수지 둘레길을 걷기도 하고, 둘레길 주변 카페에서 차를 마시거나 밥을 먹기도 한다. 지난여름, 문우와 이곳을 걸었다. 둘레길 초입 주차장에 차를 세우고 걷기로 했다. 한두 시간 걷고 난 다음에는 언제나 카페에서 아메리카노를 먹는다. 그날도 우리는 무성한 칡덩굴의 배웅을 받으며 둘레길을 걸었다. 요즘은 어디를 가나 칡덩굴의 세상이다. 예전 같으면 쥐도 새도 모르게 누군가 캐 갔을 것이다. 지금처럼 먹을 것이 풍족하지 않던 시절 칡은 주린 배를 채워 주는 양식이었다.

한낮의 태양이 정수리를 뜨겁게 달구었다. 땀범벅이 된 우리는 에클레시아 카페가 보이자 누가 먼저랄 것도 없이 그곳으로 발을 옮겼다. 에어컨이 켜진 카페 안은 시원했다. 아이스 아메리카노를 벌컥벌컥 들이켰다. 시원한 커피를 마시니 그제야 바깥 풍경이 눈에 들어왔다. 카페 안에서 바라보는 백야 저수지는 또 다른 느낌이다. 햇빛 때문일까. 은빛 물결이 아름답게 반짝였다. 시원한 곳에서 보니 저수지의 물결이 파도인 듯 착각이 들 정도다.

백야 저수지 주위에는 에클레시아 카페 말고도 라비앙로즈 카페와 펜션도 보인다. 무엇보다 백야 저수지 끝에는 백야자연휴양림이 자리한다. 이곳이 더 사랑을 받는 이유다. 백야자연휴양림에는 숙박 시설 외에도 산책을 할 수 있는 백야 수목원이 숨어 있다. 계절마다 바투 피어나는 수많은 꽃과 나무 사이를 걷다 보면 절로 마

2. 가섭사, 염계달을 낳다

음이 환하다. 또한 계곡에서는 봄부터 여름까지 개구리 합창단의 공연이 펼쳐진다. 게다가 나무 위에서 새들이 화음을 넣어 주니 더욱더 귀가 맑게 된다. 그렇게 천천히 걷다 수목원의 제일 높은 지대에 이르면 유리온실을 만난다. 그곳에서는 따뜻한 남해안이나 제주도에서만 자라는 식물들을 구경할 수 있는 행운을 얻는다. 사실 백야자연휴양림과 백야 저수지는 소속리산과 보현 자락에 있어 그 시원함과 아름다움이 더욱 돋보이는 것일 게다. 바쁜 일상 하루쯤은 백야자연휴양림에서 가족들과 밤을 지새우며 고기도 구워 먹고 그동안 미뤄 놓은 이야기보따리를 풀어놓으면 어떨까. 그리고 그 다음 날에는 백야 수목원에서 지친 마음과 몸을 부려 놓아도 좋을 것이다. 그리고 마음이 내키면 휴양림을 감싸고 있는 산 정상에 올라가 탁 트인 산 바다를 만나는 일도 추천하고 싶다.

어느새 무덥던 여름이 가고 아침저녁으로 선득한 가을이다. 가을에는 왠지 친구도 그립고, 어딘가로 떠나고 싶어진다. 그건 아마도 봄, 여름을 열심히 살아왔기 때문은 아닐까. 결실의 계절 가을, 10월에는 오래된 친구들을 백야자연휴양림으로 불러내 회포나 풀어야겠다. 휴양림에서 나와 백야 저수지를 지나가는 길이다. 저 멀리 저수지 위로 작은 집들이 둥둥 떠 있다. 낚시꾼들의 휴식처, 수상좌대가 한없이 평화로워 보인다. 물이 얼마나 맑은 걸까. 물속으로 쌍둥이 좌대가 거꾸로 매달렸다. 삶도 저렇게 풍경이 될 수 있을까. 벌써 10월이 기다려진다.

가섭사,
염계달을 낳다

어느덧 해가 뉘엿뉘엿 지는 중이다. 며칠째 이어지던 장마가 잠시 소강상태다. 그래서일까. 해는 가마밭갛게 물을 들였다. 음성을 다녀간 어느 여행자는 가섭사를 두고 '일몰 맛집'이라고 했다. 이참에 가섭사에 올라 빨갛게 음성을 물들이는 노을을 천천히 가슴에 담아 오리라. 그리고 종소리를 들으며 느린 하루도 맛보리라.

파란 하늘에 흰 구름이 몽글몽글 피어나는 날은 왠지 그곳을 오르고 싶다. 날이 좋으면 음성의 먼 곳까지 훤히 볼 수 있는 그곳은 음성에서 가장 높은 산인 가섭산에 자리한 천년 고찰 '가섭사'다. 가섭산은 해발고도 약 700여 미터에 달하는 산이다. 그중 가섭사는

600고지에 자리해 음성의 풍광을 온전히 느낄 수 있다. 사찰이 워낙 높은 지대에 있다 보니 어느 날에는 구름이 절보다 밑에 있어 신선이 된 듯 착각을 일으키기도 한다.

불교 신자임에도 바쁘다는 핑계로 절을 잘 찾지 않는다. 해마다 초파일에만 찾는 게 고작이다. 그럼에도 마음이 부산스러울 때면 으레 절집으로 발길이 향한다. 고즈넉한 산사를 자박자박 걷다 보면 어느새 복작이던 마음도 안정을 찾는다. 초파일에는 연등을 달기 위해서라도 꼭 두세 군데의 절집을 찾는데 그중 가섭사는 빠트리지 않고 들르는 곳이다. 올 초파일에도 작은딸아이와 가섭사에 다녀왔다. 우리 집 아이들은 유독 가섭사를 좋아한다. 풍광도 그렇지만 아무래도 작은딸아이와 막내아들 녀석이 어릴 적 그곳에서 템플 스테이를 했기 때문일 것이다.

가섭사는 법주사의 말사로 고려 1365년 공민왕 대와 1376년 우왕 대 사이에 나옹(懶翁)이 창건했다. 특히 가섭사에는 감로정(甘露井)이라는 특별한 우물이 있는데 바위틈에서 흘러나오는 이 우물은 차고 감미로워 초파일이면 수많은 사람들이 즐겨 마셨다 전해진다. 그렇게 많은 사람들이 마셔도 전혀 줄지 않는 우물이다. 다만, 국가에 변혁이나 난리가 있을 때면 수량이 줄거나 고갈되었다. 일제 치하에서 광복이 되던 한 달 전에도 우물이 말랐고, 6·25 직전에도 물의 양이 감소되었으며, 옛날에도 그러한 경우가 자주 있었다. 그 후로는 사람들이 감로정의 물의 양으로 국가의 중대한 변화를 짐작했다고 한다.

요즘 들어 유독 가섭사가 유명세를 타는 중이다. 그 이유는 조선

시대 명창인 염계달이 바로 이곳에서 득음했다고 알려졌기 때문이다. 가섭사 극락보존의 왼편에 있는 삼성각 근처 절벽에서 염계달 명창이 소리 연습을 하다 득음했다고 한다. 판소리는 지역에 따라 동편제, 서편제, 중고제로 나뉘는데 염계달은 중고제의 시조라 할 수 있다. 조선 후기 판소리 8명창 가운데 한 사람인 그는 경기도 여주 태생으로 주로 충주에서 생활했다. 어려서부터 소리에 재능을 보였으나 집안이 가난해 소리 공부를 하지 못했다. 그러다 18세 되던 해에 부모님의 허락을 얻어 충청북도 음성의 벽절, 지금의 가섭사에 들어가 10년을 하루같이 공부한 후에 명창으로 대성했다고 한다. 근래 들어 충청 지역의 신문과 방송에서 음성 가섭사에 대한 이야기가 심심찮게 올라온다. 그것은 중고제의 시조 염계달을 재조명하기 위해서인데, 지난해 6월에는 가섭사에서 '염계달' 조명 학술세미나가 열렸고, 올해 6월에는 가섭사에서 '2023 음성 국제 판소리 축제'가 개최되었다.

사라져 가는 전통문화를 되살리기 위해 음성의 가섭사가 큰 몫을 하는 것 같아 여간 자랑스럽지 않다. 어느덧 해가 뉘엿뉘엿 지는 중이다. 며칠째 이어지던 장마가 잠시 소강상태다. 그래서일까. 해는 가마발갛게 물을 들였다. 언젠가 음성을 다녀간 어느 여행자가 인터넷 후기 글에서 가섭사를 두고 '일몰 맛집'이라고 표현했던 것이 새삼 가슴을 두드린다. 이참에 조만간 가섭사에 올라 구름이 몽실한 풍경도 보고 빨갛게 음성을 물들이는 노을도 천천히 가슴에 담아 오리라 다짐해 본다. 그때는 종소리를 들으며 느린 하루도 맛보리라.

2. 가섭사, 염계달을 낳다

극락으로 가는 산문,
미타사

지장보살은 먼 곳에서도 훤히 보일 정도로 동양 최대의 크기를 자랑한다. 충주에 볼일이 있어 지나갈 때면 언제나 지장보살을 향해 경건한 마음으로 두 손을 모으고 기도를 드린다.

연등이 꽃이 되어 가로수 사이를 밝히는 중이다. 4월 초파일이 어느새 코앞으로 다가왔다. 나는 불교 신자가 맞지만 신심이 깊지는 못하다. 그럼에도 4월 초파일만큼은 연등을 빼놓지 않고 단다. 몇 군데 절에 가족의 안녕을 빌며 연등을 다는데 제일 먼저 가는 곳이 미타사다. 미타사는 내가 불교를 처음 접하며 찾은 절이다.
미타사와의 인연은 20여 년 전쯤부터였다. 수필 창작교실에서 알

79

게 된 C 여사님과 가까워지며 자연스레 그분이 다니던 절을 따라가게 되었다. 그곳은 음성 소이면 비산리에 있는 사찰이었다. C 여사님은 절을 하는 법부터, 지녀야 할 마음가짐까지 알려 주셨다. 그때부터 마음이 힘들 때면 혼자서 고즈넉한 절을 찾아갔다. 연초에도 절을 찾아 가족의 건강을 위해 기도를 드렸고, 아이들이 수능을 앞두었을 때는 백팔 배를 하며 합격을 기원했다.

천년 고찰 미타사는 신라 원효대사에 의해 창건되었다고 한다. 그후, 많은 풍파를 겪으며 지금의 모습으로 이어져 온 사찰이다. 미타사는 지장보살상으로도 유명하다. 지장보살은 지옥에서 고통받는 중생들을 구원하기 위하여 그곳으로 몸소 들어가 죄지은 중생들을 교화하고 구제하는 지옥세계의 부처님이라고 한다. 그런 연유인지 지장보살상 앞에는 대규모의 추모공원이 조성되었다. 그곳에 잠들어 계신 분들은 아마도 지장보살의 염원으로 극락세계에 가 계시지 않을까 싶다. 지장보살은 먼 곳에서도 훤히 보일 정도로 동양 최대의 크기를 자랑한다. 충주에 볼일이 있어 지나갈 때면 언제나 지장보살을 향해 경건한 마음으로 두 손을 모으고 기도를 드린다.

미타사에서는 지장보살뿐 아니라 고려 초기에 조성된 것으로 추정되는 마애여래입상도 볼 수 있다. 미타사 전각에 조금 못 미쳐 산모퉁이에 있는 마애여래입상은 소원을 비는 사람들로 발길이 끊이지 않는다. 화강암 자연석에 새긴 마애불은 머리와 어깨 부분만 도드라졌고 손과 허리, 발 부분은 오목하게 새긴 불상이다. 고려시대에는 불교 장려 정책으로 왕실과 귀족들이 여러 지역에 수많은 절

2. 가섭사, 염계달을 낳다

을 짓고 불상과 불탑을 세우기에 바빴다. 그러다 보니 아름다움과는 거리가 먼 정교하지 못한 불상들이 대다수였다. 미타사의 마애여래입상이 고려 전기에 조성되었을 것으로 추정되는 이유도 거기에 있다. 머리와 몸의 비율이 대칭적이지 않고, 조형미에 있어서도 크게 부족하기 때문이다. 그럼에도 후덕한 모습의 마애불을 보고 있으면 마음이 평온해진다.

미타사는 음성 관내에서 가장 큰 절이다. 그렇다 보니 4월 초파일이면 절을 찾는 사람들로 붐빈다. 나도 해마다 4월 초파일이면 아이들을 데리고 그곳에 간다. 미타사를 찾는 이가 많기에 절 초입에서부터 버스가 사람들을 실어 나르지만 우리는 언제나 걸어 올라가는 쪽을 택한다. 나무가 우거진 숲을 따라 걷다 보면 길섶에 자란 야생초와 야생화를 감상하는 재미가 덤으로 따라온다. 오르막에서는 여지없이 헉헉대고 마는데, 그럴 때면 딸과 아들이 뒤에서 등을 밀어 주거나 앞에서 손을 잡고 이끌어 준다. 차를 타고 올라갔다면 맛볼 수 없는 아이들의 정이다. 몸은 힘든데 얼굴에서는 함박웃음이 떠나질 않는다.

오늘 아침, 서울서 직장을 다니는 작은딸에게 전화가 왔다. 초파일 전날 내려온다는 전갈이다. 일에 지쳐 시르죽었다가도 나는 아이들의 목소리만 들으면 어느 결에 생기가 돈다. 자식 바보였던 친정 엄마의 마음을 요즘 절절히 깨닫고 있는 중이다. 영락없는 친정 엄마의 딸인가 보다. 4월 초파일, 아이들과 미타사 숲길을 걸을 생각을 하니 벌써부터 마음이 바장댄다. 이를 어쩐단 말인가.

흔행이 고개

고개를 넘어 다박다박 걷고 있는데, 왠지 등골이 오싹
함을 느꼈다. 과연, 저만치서 막대기를 흔들며 따라오는
한 남자가 보였다. 두려운 마음에 혼비백산하여 뛰기 시
작했다. 한참을 정신없이 달렸다. 저 앞에서 내 이름을
부르는 엄마의 목소리가 들렸다. 뒤를 돌아보니 그 남자
는 오던 길을 돌아 빠르게 고개 쪽으로 사라져 갔다.

하기야 그리 오랜 세월이 흘렀으니 모르는 건 당연한 일이다. 더
구나 세월의 더께가 쌓이면서 이곳도 수없이 많은 변화의 과정을
겪어 왔다. 그러니 그 누구도 이곳이 그 무시무시한 장소라는 것을
알 리 만무했다. 어린 시절 엄마의 치맛자락을 잡고 그 고개를 넘어

　　　　　　　　2. 가섭사, 염계달을 낳다

장에 갈 때는 마냥 설렜고, 친구들과 읍내에서 놀다 함께 집으로 갈 때면 저녁노을이 붉게 마중을 나왔던 고개였다.

그럼에도 딱 한 번 그 고개가 무서웠다. 고등학생 시절 충주에 있는 학교로 통학을 할 때였다. 야간 자율학습을 마친 후라 막차를 탈 수밖에 없었다. 음성 터미널에 내리니 이미 밖은 깜깜해 앞도 잘 보이지 않았다. 그 시절 그 고개는 길도 좋지 않았고, 가로등도 없었다. 물론 공중전화로 엄마에게 나와 달라고 부탁은 해 놓은 터였다. 그래도 읍내에서 우리 집까지는 거리가 있어 혼자서 고개를 넘어가야 했다. 고개를 넘어 다박다박 걷고 있는데, 왠지 등골이 오싹함을 느꼈다. 순간 뒤를 홱 돌아보았다. 과연, 저만치서 막대기를 흔들며 따라오는 한 남자가 보였다. 내가 눈치챘음을 알았는지 그 남자의 걸음이 점점 빨라져 여차하면 따라잡힐 기세였다. 두려운 마음에 혼비백산하여 뛰기 시작했다. 한참을 정신없이 달렸다. 저 앞에서 내 이름을 부르는 엄마의 목소리가 들렸다. 뒤를 돌아보니 그 남자는 오던 길을 돌아 빠르게 고개 쪽으로 사라져 갔다. 그날 엄마도 그 남자를 보고는 부러 큰 소리로 나를 부르셨다고 했다. 지금도 그때를 생각하면 두려움이 밀려오곤 한다. 그 후 밤에는 절대 혼자 그 고개를 넘지 않았다. 아마도 어디선가 지켜보고 있을 것만 같은 그 남자 때문이었을 것이다.

음성문화원 향토문화연구회에 따르면 '흔행이 고개'는 조선시대 형장이자 풍장을 하던 장소였으며, 시대가 흐르면서 지명이 되었다고 한다. 원래는 흉한 일이 행해지던 고개라는 뜻으로 '흉행이 고

83

개(兇行峙)'라고 불리던 것이 구전되어 지금의 '흔행이 고개'로 불리게 된 것이다. 조선 헌종 때는 음성현에서 죄수를 효수할 때 이 고개에서 참수를 했고, 죄를 지어 장사도 지내지 못하는 죄인들의 시체를 이 고개에 가매장했다고 한다. 당시 이 고개에는 대충 묻힌 채 썩어 가는 시체들이 널려 있었으며, 참을 수 없는 냄새가 코를 찔렀다고 한다. 비가 오는 날에는 사람들의 끔찍한 비명 소리가 들렸다고도 한다.

요즘은 괴담을 소개하거나 흉가를 체험하는 방송 매체가 꽤 많다. 아마도 흔행이 고개는 시청자들의 호기심을 유발하거나 유튜브 구독자 수를 높이기 위해 방송 제작자들이 자료를 찾다 우연찮게 알아낸 곳이었지 싶다. 이렇게 흉흉하고 무서운 사연이 있는 곳이니 자극적인 것을 좇는 사람들에게 이보다 더 좋은 먹잇감은 없을 터이다. 인터넷에 '흔행이 고개'를 검색하니 과연 지명에 대한 많은 자료와 함께 흔행이 고개 이야기를 다룬 유튜브 영상들이 심심찮게 보였다. 그중 어떤 유튜버는 직접 흔행이 고개를 찾아와 보았다는 내용의 영상을 올리기도 했다. 하지만 정작 그 유튜버는 흔행이 고개가 어디인 줄도 모르고 있었다. 엉뚱하게도 덕생 고개를 흔행이 고개라며 소개하는 것이었다.

흔행이 고개는 역말에서 신천리로 넘어가는 길에 있는 고개다. 지금은 이 고개가 큰 대로변으로 바뀌어 옛날의 흔적은 그 어디에도 없다. 주변에는 중학교와 초등학교, 연립주택이 들어섰고 고개를 넘으면 식당과 사무실이 자리 잡고 있어 그 옛날 시체들이 널브

2. 가섭사, 염계달을 낳다

러져 있었다는 흉흉한 모습은 찾아볼 수가 없다. 사람들에게 관심을 받지 못할 것은 뻔한 사실이다. 그러니 사람들에게 관심을 끌기 위해 자구책으로 선택한 장소가 근처 덕생 고개였던 모양이다. 덕생 고개는 오래전 쓰레기 매립장이 있었던 산길로, 사람의 발길이 뜸한 곳이다. 그 고개는 신천리에서 초천리와 동음리로 넘어가는 산길이다. 더구나 밤중에 촬영을 하니 정말 귀신이 나올 듯도 하고 흉측한 시체들이 널브러진 모습도 상상이 될 만하다는 생각이 들었다. 하지만 거짓된 정보와 자극적인 내용으로 사람들을 현혹시켜 조회수를 늘리려는 작태에 씁쓸해졌다.

자료가 범람하는 세상이다. 하지만 사람들을 현혹하기 위한 잘못된 정보는 많은 이들의 마음과 눈을 황폐하게 만들 뿐이다. 그러니 봇물처럼 쏟아지는 정보화 사회에서 무조건적인 맹신은 금물이다. 역사적 장소를 알리고 보존하는 일은 중요하다. 하지만 누군가는 잘못된 사실을 아무런 죄책감도 없이 퍼트린다. 음성의 역사적 장소인 '흔행이 고개'가 가십거리로 세상의 바다에서 떠돌지 않기를 바란다. 왜냐하면 저 먼 추억 속에서 어린 소녀가 엄마와 장터를 가기 위해 넘었던 행복하고 아름다웠을 고개였으므로….

백마산 아래 첫 동네,
주봉리 내동

아버지가 엉세판에 힘들어하다가도 어깨가 올라가고 얼굴이 피는 것은 고향을 찾을 때뿐이었다. 그러니 자식들을 이끌고 내동 마을에 가는 것이 아버지에게는 얼마나 뿌듯한 일이었을지 요즘에서야 깨닫는다.

깃발이 꽂힌 대문을 여니 아담한 마당이 눈에 들어왔다. 담상담상 피어 있는 야생화 정원이 언뜻 보면 여염집이라 해도 손색이 없다. 시어머니를 따라 무녀의 방으로 들어가는 내내 가슴이 진정되질 않았다. 무녀에게서 괜한 소리를 듣지 않을까 하는 두려움과 함께 금단의 구역을 넘었다는 죄책감 같은 것도 작용을 했을 터였다. 알 수 없는 복잡한 감정은 가슴을 답답하게 죄어 왔다. 뒤에서 금방

2. 가섭사, 염계달을 낳다

이라도 친정아버지가 소리를 지를 것만 같았다. 불안한 마음을 눅
잦히며 될 수 있는 한 무녀와 눈이 마주치지 않도록 구석진 곳에 자
리를 잡아 다소곳이 앉았다.

시어머님은 우환이 가득한 낯빛을 한 채, 무녀를 바라보셨다. 무
녀와 시어머님의 대화는 한참 동안이나 오고 갔다. 시어머님의 간
절한 눈빛이 무녀의 마음에 가닿았을까. 시어머님은 당신이 듣고
싶어 하던 답을 들었음인지 얼굴 가득 미소가 번졌다. 다음은 남편
과 나의 차례였다. 사실 나는 이 자리가 영 불편하기만 했다. 무녀
는 불안해하는 나를 보고 대뜸 말을 던졌다.

"탕건 쓴 할아버지가 보여."

무녀는 조상 중에 서당 훈장을 한 분이 있느냐 물었다. 그 말에
뵌 적은 없지만 친할아버지가 서당 훈장님이셨다고 답했다.

친정아버지는 원남면 주봉리가 고향이시다. 부유한 집에서 자란
아버지는 글공부도 주봉리 백마산 꼭대기에 있던 절에서 스님께 배
우셨다고 했다. 소학교도 나오지 않은 아버지가 제사 때마다 한문
을 일필휘지로 써 내려가시는 것을 보면서 우리 자식들은 서로 존
경의 눈빛을 나누곤 했다. 어쩌면 아버지가 한문을 그리도 잘 아시
는 데는 할아버지의 영향이 한몫하지 않았을까 싶다. 할아버지는
근동 마을의 서당 훈장이셨다고 한다. 그러니 당신의 아들은 영험
한 절집의 스님에게 수학을 맡기셨을 테다. 하지만 그리 부유했던
살림도 할아버지와 할머니가 갑자기 돌아가시는 바람에 풍비박산
이 나고 아버지와 형제들은 뿔뿔이 흩어져 이곳저곳을 떠도는 신세

가 되고 말았다. 그 많던 재산은 할아버지의 형님이 모두 차지하였고 아버지의 형제 중 남동생은 소식마저 모르게 되었다고 했다.

아버지의 말씀이 사실인지 아닌지는 모르겠으나, 작은아버지가 행방불명이 된 것은 사실이었다. 큰오빠가 군대를 다녀온 후 취직을 하려 했지만 무슨 연유였는지 번번이 불발되곤 했다. 어렴풋하게 들려오던 소식, 작은아버지가 월북을 했다는 소문이 그 이유일 거라고 우리 가족은 생각했다. 70~80년대는 반공의 이데올로기가 팽배했던 시기였다. 아마도 정부에서 우리 가족에 대한 은밀한 감시가 있었을 것이다. 내가 중학생이었던 때 TV에서 '이산가족찾기 특별생방송'을 방영했다. 아버지는 며칠을 TV 앞에 붙박여 누군가를 간절히 기다리는 듯했다. 그때만 해도 우리는 아버지가 당신의 동생을 기다리는 줄 꿈에도 몰랐다. 그도 그럴 것이 아버지는 가족들 중 그 누구에게도 동생 이야기를 함구했으니 알 리 만무했다. 그러던 어느 날, 작은아버지가 북한이 아닌 남한의 경기도 어디쯤에서 돌아가셨다는 소식이 들려왔다. 그 소식은 이상하게도 우리 가족에게 안도감을 주었다. 그 후 큰오빠는 무사히 취직이 되었다. 하지만 단 한 사람, 아버지에게만큼은 동생의 부고가 얼마나 허망한 일이었는지 나중에야 알았다. 작은아버지의 사망으로 호적에 붉은 줄이 그어지고 난 뒤부터 아버지는 어딘가 모르게 달라지고 계셨다. 이산가족 방송이 나오면 TV 앞에 붙박이처럼 망부석이 되셨던 분이, 그 일이 있고 나서부터는 보기 싫다며 매정하게 채널을 돌리셨다. 어쩌면 실낱같은 희망일지라도 그 긴 기다림의 시간이 아버

2. 가섭사, 염계달을 낳다

지에게는 행복한 시간이 아니었을까 하는 생각이 들었다. 이제는 저 먼 곳에서 못다 한 형제의 정을 나누고 계시리라.

아버지가 고향에 대한 애착이 남달랐다는 것은 어머니의 이름을 보면 알 수 있다. 친정어머니의 이름은 '최주봉'이다. 그런데 우리 자식들 그 누구도 어머니의 이름이 이상하다 생각지 않았다. 어느 해이던가. 나는 지나가는 말로 어머니에게 아버지의 고향과 어머니의 이름이 원래부터 같았냐고 여쭈어 보았다. 어머니는 자신의 원래 이름은 '익남'이라고 했다. 한글을 모르셨던 어머니는 자신의 이름이 '주봉'으로 바뀐 것도 한참 후에야 아셨다. 짐작건대 아버지가 혼인신고를 하면서 그리 바꾸지 않으셨을까 싶다. 아니면 면사무소 직원이 잘못 기재한 것을 아버지가 바꾸지 않았을 수도 있다. 지금은 두 분 다 돌아가셨으니 어찌 된 일인지 알 길이 없다.

아버지가 태어나신 주봉리 내동은 백마산이 품어 주는 아늑한 동네다. 그곳에는 친정 부모님의 산소가 있다. 어린 시절 주봉리로 성묘를 갈 때면 아버지가 종종 나를 업어 주셨다. 버스가 보천까지만 운행을 했기 때문에 5리나 되는 내동까지는 걸어가야 했다. 큰길도 없던 그때는 작은 마을들을 중심으로 논과 밭이 많았다. 우리는 마을을 따라 흐르는 실개천을 끼고 걸었다. 오미와 서당골을 지나면 내동이 나오는데 그리 가깝지 않은 길이었는데도 우리 형제들은 투정을 하지 않았다. 산소에서 성묘를 하고 나면 아버지는 집안 어른들을 뵈러 언제나 내동 마을을 찾았다. 지금도 잊히지 않는 일이 있다. 그때 내 나이가 대여섯 살이나 되었을까. 아버지를 따라 동네

고샅을 들어서는데 저 멀리서 희고 긴 턱수염을 기른 백발의 어르신이 우리를 보더니 한달음에 달려와 흙길에서 넙죽 절을 하는 것이었다. 나에게도 "아줌니, 안녕하셨어유?"라며 공손히 인사를 하는 바람에 나는 아버지 등 뒤로 숨고 말았다.

내동 마을은 경주 김씨 집성촌이었다. 나중에 안 일이지만 아버지의 항렬이 더 높았기 때문에 그랬던 것이다. 아버지가 엉세판에 힘들어하다가도 어깨가 올라가고 얼굴이 피는 것은 고향을 찾을 때뿐이었다. 그러니 자식들을 이끌고 내동 마을에 가는 것이 아버지에게는 얼마나 뿌듯한 일이었을지 요즘에서야 깨닫는다. 마음이 허우룩할 때면 가끔 아버지 어머니가 보고 싶어 주봉리 산소에 간다. 산소에서 바라보는 풍경은 사방이 아름답지 않은 곳이 없다. 오매불망 그리워하시던 고향, 백마산이 품어 주는 그곳에서 아버지와 어머니는 금실지락으로 살고 계시려나?

30년 전, 처음이자 마지막으로 시어머님을 따라 점집에 갔다. 친정아버지의 영향인지 우리 친정 식구들은 종교가 없었다. 어느 날 갑자기 혼자가 되어 온몸으로 세상을 헤쳐 나가야 했던 아버지에게 종교는 어쩌면 사치였을지도 모른다. 아버지는 믿을 건 자신뿐이라며 종교를 좋게 여기지 않으셨는데, 그중 무속은 특히 불신하셨다. 그날, 밭은 몸의 무녀가 내게 던지듯 뱉은 그 말을 이상하게도 지금껏 잊지 못하고 산다. 사람은 보고 싶은 것만 보고, 듣고 싶은 말만 듣는다고 했던가. 과연 그 말이 맞는가 보다. 그날 무녀가 나에게 전한 많은 말 중에 유독 그 말만이 잊히지 않는 것만 보아

2. 가섭사, 염계달을 낳다

도 그렇다. 이제는 무녀의 말이 사실인지 아닌지는 중요하지 않다. 탕건 쓴 할아버지가 나를 지켜 주신다는 그 말이 얼마나 든든하게 느껴지던지 가끔은 내 삶을 지탱해 준다는 착각도 든다. 그러고 보니 지나가는 말처럼 던진 무녀의 말 한마디가 삶의 행간에서 지금의 나를 만들어 준 이음줄이 되었던 듯싶다. 그러니 어둡고 무섭기만 했던 내 삶의 바다에도 언제부터인지 아름다운 윤슬이 반짝반짝 빛나고 있는 것이리라.

3.

연탄 구이 집, 털보네

1987,
샛별 레스토랑

우리 부부는 가끔 옛날이 그리울 때면 샛별 레스토랑을 찾아간다. 그 집은 눈이 오거나 비가 오는 날에 가면 분위기가 더 좋다. 남편은 얼큰한 돼지고기 찌개에 소주 한 잔이 더 어울리는 천생 시골 남자지만, 가끔은 도시 여자이기를 주장하는 나를 위해 양보를 해 준다.

　나무 계단이다. 2층으로 연결된 길은 좁고 가파르다. 올라가는 길은 수나롭지 않지만 가게 안으로 들어가면 편안한 느낌이 물씬 다가온다. 건물이 오래된 만큼 이 가게가 견뎌 온 세월도 만만치가 않다. 40년 가까운 세월이다.
　그 시절 음성에는 '비원'이라는 레스토랑이 있었다. 야채 시장 거리의 지하에 있던 식당이었다. 1980년대 그 지하에는 비원뿐 아니라 나이트클럽도 있어서 그곳이 젊은이들의 요새이기도 했다. 내가 남편과 선을 본 곳도 비원 레스토랑이었다. 친구들을 만나 밥을 먹기도 하고 술을 한잔하기도 하며 담소를 나누던 곳이었다. 비원은 읍내의 유일한 경양식 가게였기에 청춘들이 문화생활을 즐길 수 있는 흔치 않은 장소였다. 남편과 선을 보던 날 왜 그리 떨리던지, 다른 날 같았으면 아까워서라도 돈가스 한 접시를 게 눈 감추듯 먹어 치웠을 텐데 그날은 반도 먹지 못했다.

'샛별 레스토랑'은 비원보다 한참 후에 생겨난 가게였다. 내가 결혼하기 1년 전쯤이었지만 정작 그곳에 가 본 것은 그보다 몇 년 뒤였다. 나는 결혼 후 남편을 따라 삼성면이라는 곳에서 1년여를 살다 다시 음성으로 이사를 오게 되었다. '비원'은 얼마 지나지 않아 폐업을 하고 '샛별'이 유일한 경양식 가게로 그 명맥을 이어 갔다. 우리 가족이 샛별 레스토랑을 가는 날은 특별한 날이었다. 남편은 외식을 좋아하지 않았다. 그렇다고 내 음식 솜씨가 좋은 것도 아니었다. 남편이 외식을 싫어하는 이유는 외식 자체를 객쩍은 일로 치부했기 때문이었다. 남들 눈에야 알뜰살뜰한 사람으로 비쳤겠지만 우리 가족에게는 인정머리 없는 남편이고, 무정한 아빠로밖에 여겨지지 않았다. 물론 남편은 또래 친구들에 비해 일찍 집을 장만한 편이니 알뜰살뜰한 사람이라는 것도 틀린 말은 아니다.

읍내에 샛별 레스토랑이 들어서자 아이들의 졸업식 후 풍경도 달라졌다. 그 전에는 졸업식이 끝나면 가족 단위로 중국집을 찾는 것

95

이 당연했다. 하지만 샛별 레스토랑이 생긴 후부터는 그곳에서 밥을 먹기 위해 치열한 경쟁을 벌여야 했다. 미리 예약을 해야 한 자리를 차지할 수 있었으니 예약을 하지 않고 가게 되면 자리가 없어 낭패를 볼 수밖에 없었다. 1990년대까지만 해도 음성에서 레스토랑은 대중화가 되지 않은 식당이었다. 특별한 날만 갈 수 있었다.

샛별 레스토랑의 돈가스는 음성 사람들에게 정말 많은 사랑을 받았다. 우리 가족도 아이들의 졸업식 날이나 생일날은 꼭 그곳을 찾았다. 또한 결혼기념일에도 매년 그곳에서 돈가스를 앞에 놓고 맥주나 와인을 마시며 그윽한 눈빛으로 서로를 위로해 주었다. 가게 안을 가득 채우던 달달한 팝송도 그러한 분위기를 살리는 데 보탬이 되었을 것이다. 지금은 읍내에 돈가스집이 여럿 생겨난 덕에 취향에 맞게 선택의 폭이 넓어졌다. 그래서인지 예전처럼 그 집에 사람이 붐비지는 않는다. 요즘 새로 생겨나는 돈가스집 내부는 사방이 트여 있지만, 샛별 레스토랑은 중앙의 단체석만 빼면 자리마다 작은 칸으로 나누어져 있다. 게다가 각 칸에 커튼도 달려 있어 다른 사람들로부터 방해를 받지 않는다. 그러니 그곳은 연인들의 데이트 장소로도 제격이었다.

우리 부부는 가끔 옛날이 그리울 때면 샛별 레스토랑을 찾아간다. 남편은 양도 많고, 고기가 부드러운 그 집 돈가스를 좋아한다. 그 집은 눈이 오거나 비가 오는 날에 가면 분위기가 더 좋다. 남편은 경양식집과 어울리지 않는 사람이다. 얼큰한 돼지고기 찌개에 소주 한 잔이 더 어울리는 천생 시골 남자지만, 가끔은 도시 여자이기를 주장하는 나를 위해 양보를 해 준다. 그곳에서 우리는 각자 돈가스를 앞에 놓고 남편은 소주를 나는 맥주를 마신다. 그러고 보니 우리가 함께 살아온 세월도 샛별 레스토랑과 엇비슷하다. 오래되고 닳아 신선함은 없지만 그래도 서로에게 편안함과 믿음을 주는 우리 부부처럼, 이 레스토랑도 음성 사람들에게는 삶이 고달플 때 찾는 안식처가 되고 있으리라고 본다.

서울다방

자식이 서울이라는 대처에서 산다는 것만으로도 그 집 부모는 어깨가 올라갔다. 그만큼 이 작은 읍내 사람들에게 서울은 선망의 도시였다. 그러니 서울다방이 저리도 당당히 자리를 지키고 있는 게 아닐까.

버스터미널은 이른 아침인데도 사람들로 붐빈다. 1년 중 몇 번밖에 이용하지 않는 곳이라 그런지 의자에 앉지도 못하고 밖이 훤히 보이는 창 쪽에서 서성였다. 물론 여고 시절에는 매일 첫차를 타고 막차로 돌아와야 했으니 이곳은 나의 하루가 시작되고 끝나는 출발지였고 종착지였다. 어디 그뿐인가. 서울로 직장을 구하러 갔을 때도, 다시 고향으로 돌아왔을 때도 이 터미널은 나에게 안식처가 되어 주었다. 먼 길을 돌아 고단한 몸으로 이 작은 터미널에 내리면 언제나 안도의 숨을 내쉬곤 했다. 하지만 결혼을 하고 차가 생기자 버스를 타는 일이 번거롭다는 생각에 터미널을 찾는 일이 드물어졌다.

터미널 밖은 길에 쌓인 눈으로 사람도 차도 느리터분했다. 그때 터미널과 마주한 곳에 '서울다방'이라는 간판이 눈에 들어왔다. 2층에 자리한 서울다방은 그 세월이 30년은 족히 넘고도 남는다. 내 학창시절부터 지금까지 꿋꿋하게 자리를 지키고 있다. 30년 전만 해도 서울다방은 이곳 읍내에서 만남의 장소로 통했다. 내 친구도 그곳에서 처음으로 선을 보았다. 지금의 다방은 나이 지긋한 분들의 전용 공간이 되었지만 그 시절 다방은 젊은이부터 노인까지 누구에게나 친숙한 공간이었다. 내가 처음 커피를 맛보았던 곳도 다방이었고, 젊은 시절 친구들과 마음을 나누던 곳도 다방이었다.

문인협회 활동을 시작한 지 오래되지 않았던 20년 전쯤, 총무라는 직책을 맡았던 때가 있었다. 지부장님은 나이가 지긋한 분이셨는데 할 이야기가 있다며 서울다방에서 만나자고 하셨다. 물론 그때는 읍내에 카페가 드문드문 들어서던 때라 당시 젊은이들은 다방보다는 레스토랑이나 카페를 주로 이용했다. 나도 결혼을 한 후로는 다방을 찾지 않았다. 친구들도 다방보다는 레스토랑에서 만나곤 했으니 장소가 낯설 수밖에 없었다. 지부장님은 서울다방에서 계란 노른자를 동동 띄운 쌍화차를 사 주셨다. 처음이자 마지막으로 다방에서 맛본 쌍화차는 보기와는 다르게 고소했다. 그날 지부장님과 많은 일을 상의한 것 같은데 생각은 나지 않는다. 그럼에도 그날의 쌍화차가 내 삶에서 잊히지 않는 맛으로 기억되는 것은 푸근했던 다방의 분위기가 한몫을 했기 때문이리라.

그러고 보면 서울다방은 읍내 사람뿐만 아니라 외지 사람들에게도 호감의 장소였던 듯하다. 한번은 내가 등단하고 들어간 전국 모임 문학회 회장님이 이곳 음성에 내려오신 때가 있었다. 약속한 시간보다 한 시간이나 빨리 도착한 그분은 도착했단 연락도 하지 않으시고 곧장 서울다방으로 올라가신 모양이었다. 약속 시간에 맞춰 터미널에 도착해 보니 회장님은 계시지 않았다. 그때 맞은편 2층에 있는 서울다방 유리창으로 고요히 생각에 잠긴 사람이 보였다. 차림새 하며 전체적인 모습이 누가 봐도 음성과는 이질적인 느낌이었다. 그분은 왠지 그곳에 들어가 보고 싶으셨다고 했다. 아마도 그날 그곳에서 글 한 편은 쓰고 나오셨지 싶다.

이상하게도 '서울다방'은 전국의 작은 읍내 어디를 가나 만날 수 있다. 어쩌면 시골 사람들에게는 가고 싶어도 쉬이 갈 수 없는 곳이 바로 서울이기에 '서울다방'을 찾는 것이 아닐까. 시골 사람들에게 서울이란 성공을 증명하는 곳이며 누구나 가고 싶어 하는 이상향이다. 내가 어릴 때만 해도 언니나 오빠가 서울에서 대학 또는 직장을 다닌다 하면 그 아이는 부러움의 대상이 되었다. 어디 그뿐일까. 자식이 서울이라는 대처에서 산다는 것만으로도 그 집 부모는 어깨가 올라갔다. 그만큼 이 작은 읍내 사람들에게 서울은 선망의 도시였다. 그러니 서울다방이 저리도 당당히 자리를 지키고 있는 게 아닐까.

　버스는 어느새 음성의 마지막 마을을 지나가는 중이다. 며칠째 내린 눈은 작은 도시를 온통 설국으로 만들어 놓았다. 저만치 보이는 산속의 소나무들이 하얀 눈을 듬뿍 이었다. 무거운지 어깨가 축 늘어졌다. 문득 가와바타 야스나리의《설국》첫 문장이 떠오른다.

　"국경의 긴 터널을 빠져나오자, 눈의 고장이었다. 밤의 밑바닥이 하얘졌다. 신호소에 기차가 멈춰 섰다."

　그렇게 설국의 문장을 머릿속으로 그리며 등받이에 몸을 기댔다. 버스는 막 고속도로로 들어섰다. 그런데 이게 어찌 된 일일까. 꿈을 꾼 듯 눈은 온데간데없고 빈 나무들만이 버스 뒤편으로 빠르게 사라져 간다. 마치 빠르게 지나가는 것이 세상일이니 잡으려 하지 말라는 경고처럼 말이다.

흐느실,
외갓집 가는 길

백야리 카페,
에클레시아

봄빛이 도는 백야 호수가 그날은 왠지 바다처럼 느껴졌
다. 봄바람에 일렁이는 수면은 햇빛을 받아 물비늘을 이
루며 반짝였다. 경치에 취해 사람에 취해 우리의 수다는
한없이 길어졌다.

 누군가의 생일이면 가고 싶은 곳이다. 카페 '에클레시아', 금왕의
백야리 호수를 앞에 두고 아늑하게 자리 잡은 카페다. 몇 년 전 백
야휴양림으로 가는 길에 우연히 보게 되었다. 호수를 바라보며 커
피를 마시는 것도 운치를 즐길 수 있는 방법이다 싶어 망설임 없이
들어갔다. 우연히 들어간 곳에서 예상치 못한 즐거움을 알게 되는
일은 행운이다. 커피를 주문하고 호수가 잘 보이는 곳에 자리를 잡

3. 연탄 구이 집, 털보네

왔다. 그런데 나와 조금 떨어진 곳에서 식사를 하는 사람들이 보였다. 메뉴판을 다시 보니 식사도 가능했다. 이렇게 예쁜 카페에서 좋은 사람들과 밥도 먹고 커피도 마시면 없던 정도 생기리라.

카페에서 주문하는 메뉴는 언제나 똑같다. 아메리카노. 다만 차가운 것인지 뜨거운 것인지만 달라진다. 아메리카노는 거짓이 없어 좋다. 커피에 우유를 섞은 라테처럼 부드럽지도 않고 우유 거품 밑에 커피를 단단히 숨긴 카푸치노처럼 비밀스럽지도 않다. 있는 그대로의 진한 갈색은 쓴맛을 잘 보여 준다. 그렇다고 쓴맛만 있을 거라고 생각한다면 오산이다. 아메리카노의 첫맛은 쓰지만 목으로 넘어간 다음에는 커피 향이 은은하게 느껴져 기분까지 좋아지게 만든다. 아메리카노는 볶는 정도에 따라 신맛과 쓴맛, 구수한 맛이 생기는데 그중 구수한 맛을 좋아한다. 그날은 가을로 접어드는 날씨라 그랬는지 선득한 느낌에 따뜻한 아메리카노를 주문했다. 따뜻한 아메리카노를 두 손으로 감싸니, 바깥은 바람이 불어 제법 쌀쌀할 텐데도 창 너머의 풍경은 봄날인 양 따뜻해 보였다.

에클레시아 카페를 다녀온 몇 달 후였다. 문우의 생일날 함께 그곳에 갔다. 취향이 비슷한 사람이니 분명 행복해할 것이다. 아니나 다를까. 그녀는 정말 예쁜 곳이라며 흡족해했다. 우리는 그곳에서 점심도 먹고 차도 마시며 꽤 긴 시간을 머물렀다. 봄빛이 도는 백야호수가 그날은 바다처럼 느껴졌다. 봄바람에 일렁이는 수면은 햇빛을 받아 물비늘을 이루며 반짝였다. 경치에 취해 사람에 취해 우리의 수다는 한없이 길어졌다. 모르긴 몰라도 그날 서로의 심연에서 아낌없이 길어 올린 속정은 잊지 못할 추억으로 남았을 것이다. 저녁나절이 다 돼서야 우리는 아쉬운 마음으로 그곳에서 나왔다. 바깥은 봄바람에 쌀쌀했다. 그때 카페 마당에서 벌레를 잡던 암탉이 우리를 보더니 뒤뚱뒤뚱 마당과 이어진 산으로 몸을 숨긴다. 그러고 보니 카페 입구에서 판매하던 달걀이 비싼 이유를 알겠다. 양계장에서 자란 닭과 산과 들을 헤집고 다니며 자란 닭은 분명 다르다. 행복의 수치든 모이의 질이든. 그러니 알도 값어치가 달라지는 것이겠지. 주차장 주변에는 주인장의 채마밭도 보였다. 참으로 부지런한 사람이라는 생각이 들었다. 하나를 보면 열을 안다고 주인장의 마음 씀씀이가 절로 주억이게 만들었다. 벙긋벙긋 웃으며 손님을 반기는 모습 또한 사람들을 불러 모으는 비결일 것이다.

가까운 거리가 아님에도 소중한 사람과 가끔 이곳을 찾곤 하는데 그때마다 의문이 들었다. 바로 카페의 이름이다. '에클레시아'는 무슨 뜻일까. 매번 물어보아야지 하면서도 돌아오는 차 안에서야 생각이 나곤 했다. 하여 인터넷에 검색을 해 보았다.

에클레시아는 고대 그리스 호메로스 시대의 민중회의인 아고라에서 유래했으며 '불러 모으다'라는 뜻의 '에칼레오($\dot{\epsilon}\kappa\kappa\alpha\lambda\eta\dot{\omega}$)'에서 유래했다.

주인장의 생각과 맞는지는 모르겠지만 그곳이 사람들을 불러 모으는 것은 맞다. 그러니 잊을 만하면 그곳으로 발길이 향하는 것이리라. 주인장의 혜안에 일순 감탄이 나왔다. 아름다운 백야리 호숫가, 작은 채마밭, 토종닭이 평화롭게 노니는 곳 그리고 무엇보다 따

뜻하고 해맑은 주인장의 웃음이 '에클레시아'라는 이름과 너무도
잘 어울리지 않는가.

연탄 구이 집,
털보네

그 집은 담도 없고 대문도 없다. 사람도 짐승도 수나롭게 드나들 수 있는 집이다. 떠돌이 개들도 어찌 알았는지 즐겨 찾는 맛집이다. 특히 배가 불룩한 어미 개는 몇 년째 손님들과 정이 들어 배를 곯는 경우가 없을 것이다.

하루가 고단한 날, 남편과 가끔 가는 그 집은 '털보네 연탄 구이'다. 그 집으로 가는 길은 추운 겨울과 이른 봄만 빼면 언제나 꽃이 만발이다. 음성천 변 상류 길을 따라가다 보면 그 집에 닿는다. 어느 해는 보라색의 수레국화, 또 어느 해는 색색의 개양귀비, 또 다른 해는 하늘하늘 코스모스, 오래전 어느 해는 소금을 뿌린 듯 하얀 메밀꽃이 음성천 변을 장식했다. 작년에는 형형색색의 백일홍이 음성천을 물들여 놓았다. 빨간색, 노란색, 분홍색, 하얀색 딱히 무슨 색이라 말할 수 없는 꽃들도 있었다. 모양도 겹꽃, 외꽃이 섞여 있어 소담하기도 하고 단아하기도 한 꽃들을 보는 재미가 쏠쏠하니 좋았다.

털보네 연탄 구이는 음성천을 곁에 두었다. 추억이 그립고, 이야기가 고픈 날 사람들은 그곳에 모여 허기를 달랜다. 그 집은 우리 집과 지척이다. 천천히 걸으면 15분, 빨리 걸으면 10분 거리다. 남편과 도란도란 이야기를 하며 걷다 보면 어느새 그 집 앞이다. 어느 날은 마당에 있는 모든 상이 만석이라 기다려야 할 때도 더러 있다.

그 집에서 느끼는 모습은 계절마다 조금씩 다르다. 분위기라고 할까? 봄이면 입구에 심어 놓은 수양꽃복숭아나무가 진분홍 꽃가지를 낭창낭창 늘어트리고 손님을 유혹한다. 꽃에 취해 들어간 손님은 어느새 술에 취하고 사람에 취해 그 집을 나선다. 여름이면 그 집 마당 바닥은 물줄기로 시원하다. 더위에 지친 손님들을 위한 주인장의 배려다. 밤하늘 총총한 별들도 사람들의 이야기를 듣느라 귀를 쫑긋거린다. 가을은 음주담소의 계절, 선득한 바람이 불어온들 어떠하랴. 따뜻한 연탄불에 구운 고기로 속을 채우고 마음을 데우면 부러울 게 없다. 겨울이면 마당도 잠을 잔다. 대신 집 안에서 더 가까이 사람의 정을 느낄 수 있다. 작년 초까지만 해도 온 벽을 장식했던 오래된 신문은 사람들의 추억을 소환하곤 했다. 살을 에는 추위도 걱정이 없다. 연탄불에 고기 한 점 구워 소주 한 잔 기울이다 보면 밖은 어느새 눈이 수북수북 쌓인다. 집 갈 걱정에 울상이

107

되곤 하지만 그래도 괜찮다. 마음이 든든하니 이깟 눈쯤이야 아무 것도 아니다.

그 집은 담도 없고 대문도 없다. 사람도 짐승도 수나롭게 드나들 수 있는 집이다. 떠돌이 개들도 어찌 알았는지 즐겨 찾는 맛집이다. 특히 배가 불룩한 어미 개는 몇 년째 손님들과 정이 들어 배를 곯는 경우가 없을 것이다. 개들이 보이지 않으면 어김없이 길고양이들이 나타나 기웃기웃한다. 털보네 연탄 구이, 그 집에는 털보가 살지 않는다. 대신 키 크고 후덕한 남자와 옹골차고 인심 좋은 여자가 부부로 살고 있다. 사람이나 짐승이나 그 집을 쉬이 드나들 수 있음은 부부의 마음 씀이 넉넉하기 때문이다. 그 집에서 고기와 술을 먹으면 이상하게도 달다는 생각이 든다. 하루 종일 일에 치이고 사람에게 시달림을 당한 이들이 그곳에서 목청껏 이야기해도 누구 하나 뭐라 하지 않는다. 어느 직장 사람들은 그 집에서 단체 회식을 하기도 한다. 술을 마시다 노래를 부르고, 가끔씩 집 앞으로 나가 담배 한 대도 피운다. 그렇게 숨을 돌리면 또다시 술잔이 돌고 노래가 이어지곤 했다. 그 어디에도 이렇게 즐겁고 맛있는 집은 없지 싶다.

물론 음식의 맛은 만드는 사람의 솜씨에 따라 결정된다. 하지만 손님의 발길이 어느 곳으로 향할지 결정되는 데는 주인의 마음 씀이 중요한 역할을 한다. 각박한 세상 고된 하루를 위로받기 위해 사람들은 그 집으로 술을 마시러 간다. 하지만 단지 술 때문은 아니다. 사람 냄새가 그립기 때문에 발길이 저절로 향하는 것이다. 언니가 되기도 하고, 누나가 되기도 하고, 친구가 되기도 하는 그 집의 주인장을 나도 몇 년 전부터 친구로 삼았다. 안주가 떨어지면 오징어를 구워 주고, 술이 조금 모자란 듯하면 자신들이 마시던 술을 슬그머니 밀어 주는 털보네 연탄 구이. 그 집은 분명 인정이 맛있는 집이다.

백조의
호숫가 레스토랑

스완 레스토랑을 좋아하는 이유 중 하나는 그곳으로 들어가는 아름다운 풍경 때문이다. 봄이면 저수지 가장자리를 따라 서 있는 벚꽃과 몸을 반쯤 담근 물버들이 한 폭의 수채화처럼 어우러져 탄성이 절로 나온다. 올봄에도 남편과 밤 벚꽃 나들이를 하고 왔다. 깜깜한 밤인데도 벚꽃이 한참 벙글어 분위기를 더욱더 달달하게 만들었다.

거리가 있어서일까. 그곳에 가려면 큰마음을 먹어야 한다. 앞으로는 호수가 펼쳐지고, 뒤로는 우거진 숲이 있어 빼어난 경관을 자랑하는 곳이다. 음성에서 출발해 금왕을 잇는 37번 국도를 따라가다 보면 사정리 저수지 안쪽으로 아담한 식당이 보인다. 큰길에서 멀찍이 떨어져 있어 얼핏 보면 평범한 식당 같지만, 가까이 가는 순간 아기자기한 조형물과 아름다운 정원에 이끌려 들어가고 싶게 만든다. 밤이면 화려한 조명등으로 인해 멀리서도 그 식당이 금세 눈에 들어온다. 덕분에 특별한 날 분위기를 즐기기 위해 그곳을 찾는 사람이 적잖이 많을 듯하다. 하지만 내가 그곳을 가는 날은 뜨문 뜨문하다. 가끔 모임 장소가 그곳으로 정해지면 가는 것이 고작이다. 그곳은 격식을 차려야 하는 조촐한 모임이나, 가족의 특별한 날 식사 자리로 안성맞춤이다. 다인실이 따로 있어 10명 정도의 인원이라면 정담을 나누며 편안하게 시간을 보낼 수도 있다. 다만 미리 예약을 해야만 그런 행운도 따라온다. 지금이야 차를 타고 이웃 도시로 조금만 나가면 경관은 물론이고 맛까지 좋은 레스토랑을 쉽게 찾는다. 그럼에도 음성 사람들에게 그 집은 왠지 특별한 곳으로 통한다. 애인이 생기면 데리고 가야 한다는 우스갯소리가 있을 만큼 그곳은 사람의 마음이 열리게 만드는 곳이다.

'스완 레스토랑', 마음이 울적할 때는 친구와 그곳에서 커피만 마셔도 좋았다. 요즘은 서로 바빠 그럴 여유가 없지만 몇 년 전만 해도 마음이 잘 맞는 친구와 종종 밥도 먹고 커피도 마시러 가곤 했다. 아름다운 정원과, 잔잔한 물결이 일렁이는 호수를 바라보고 있노라면 시름도 부려 놓고 돌아올 수 있었다.

스완 레스토랑을 좋아하는 이유 중 하나는 그곳으로 들어가는 아름다운 풍경 때문이다. 봄이면 저수지 가장자리를 따라 서 있는 벚꽃과 몸을 반쯤 담근 물버들이 한 폭의 수채화처럼 어우러져 탄성이 절로 나온다. 올봄에도 남편과 밤 벚꽃 나들이를 하고 왔다. 깜깜한 밤인데도 벚꽃이 한참 벙글어 분위기를 더욱더 달달하게 만들었다. 밤에 보는 벚꽃은 몽글몽글한 꽃송이가 사람을 더욱더 빠져들게 한다. 우리는 손을 잡고 스완 레스토랑 앞길을 천천히 거닐다 왔다.

여름이면 스완 레스토랑 주변은 또 다른 풍광으로 사람들을 유혹한다. 낚시꾼들은 깊고 넓은 저수지에 진을 치고 며칠씩 지내다 가기도 한다. 어느 해던가, 대소에서 수업을 마치고 음성으로 돌아가던 길에 잠시 휴식을 취하려 사정리 저수지 가에 차를 세웠다. 물은 남실남실 일렁이는데 커다란 산이 물속에 풍덩 빠진 게 아닌가. 물빛이 얼마나 맑은지 산 나무들의 모습이 여실히 비쳤다. 그 모습에 넋을 잃고 "좋다."는 말을 연신 쏟아 냈다.

사실 사정리 저수지와 스완 레스토랑은 봄, 여름뿐 아니라 가을, 겨울에도 그 정취가 남다르다. 가을에는 저수지를 둘러싼 벚나무와 저수지에 맞대어 있는 산속의 나무들이 만들어 내는 형형색색의 잔치를 보고 있노라면 경이롭기까지 하다. 겨울에는 수정같이 빛나는 저수지가 사람들을 불러들인다. 주말이면 빙어 낚시를 하는 사람들과 구경하는 사람들로 그야말로 만원이다. 지나가던 사람들도 호기심에 차를 세우고는 사람 구경, 빙어 구경을 하느라 바쁘다.

스완 레스토랑, 누가 그렇게 이름을 지었을까. 호수가 앞에 있으니 백조가 노닐 것 같아서였을까. 그런데 그 이름이 너무도 잘 어울린다. 백조가 노니는 식당, 그래서였을까. 그곳에 가면 왠지 우아

해지는 느낌이 들어 밥도 천천히 씹고, 고기도 조용히 썰고, 커피를
마실 때도 조금씩 입에 물고 음미를 한다. 역시 그랬구나. 그곳에만
가면 백조처럼 우아한 사람이 되었던 이유를 이제야 알 것 같다.

짜장면의 추억,
동화반점

그렇게 한바탕 눈물로 이별의 졸업식을 마치고, 읍내에
는 자랑스러운 졸업장과 꽃다발을 손에 든 학생들로 거
리가 환했다. 가족들의 모습에서도 뿌듯함과 대견함이
느껴져 작은 읍내를 들뜨게 했다. 그렇게 가족 단위의 사
람들이 삼삼오오 찾아가는 곳은 대부분 중국집이었다.

1980년대 시골 읍내의 중국집들은 학교 졸업식이 있는 날이면
손님들로 문전성시를 이루었다. 그 시절 음성 읍내에는 초등학교
세 군데와 남중 두 군데, 여중 한 군데, 남고와 여고가 각각 한 군데
씩 있었다. 그때는 각 가정마다 아이들이 많았으니 작은 읍내인데
도 제법 학교가 많았다. 지금은 남고와 여고가 남녀 공학으로 합쳐

진 지 오래고, 중학교도 학생 수가 적어서인지 남녀 공학을 했으면 하는 학부모들이 많다. 그렇다 보니 졸업식이 있는 날인데도 중국집에서 짜장면을 먹는 가족은 드물다.

지금도 따뜻함으로 가슴 뭉클했던 그날을 잊을 수가 없다. 초등학교 졸업을 했던 1980년, 남신초등학교는 뒤편의 목조 건물 강당에서 졸업식 행사를 했다. 난방 시설이 없었는데도 불구하고 강당을 가득 메운 졸업생과 가족들의 온기가 졸업식장을 훈훈하게 만들었다. 정들었던 학교를 떠나 선생님들과도 작별해야 한다는 생각에 울지 않는 학생이 없었다. 그렇게 한바탕 눈물로 이별의 졸업식을 마치고, 읍내에는 자랑스러운 졸업장과 꽃다발을 손에 든 학생들로 거리가 환했다. 그들과 함께 걷는 가족들의 모습에서도 뿌듯함과 대견함이 느껴져 작은 읍내를 들뜨게 했다. 그렇게 가족 단위의 사람들이 삼삼오오 찾아가는 곳은 대부분 중국집이었다. 우리 가족도 예외는 아니었다. 아버지를 제외하고 어머니와 언니, 오빠들 모두 함께였다. 지금 생각해 보니 오빠들은 짜장면 때문에 오지 않았을까라는 의심도 든다. 그때 짜장면값은 300원 정도였다. 지금 읍내 짜장면값이 보통 6,000~7,000원인 것을 생각하면 격세지감을 느끼게 된다.

아직도 그 집, 동화반점은 영업 중이다. 지금은 그때보다 규모가 훨씬 축소되었다. 그때는 식당 문을 열고 들어가면 홀이 나왔다. 홀에도 탁자가 많았지만 홀을 지나 안쪽으로 들어가면 정원이 나오고, 그 정원을 중심으로 빙 둘러싼 방이 꽤 많았다. 우리 가족은 그 정원이 보이는 방에서 짜장면을 시켜 먹었다. 따끈따끈한 온돌방은 졸업식 내내 얼어 있던 몸을 녹여 주기에 충분했다. 짜장면은 순식간에 한 그릇 뚝딱이었다. 지금도 가끔 그 중국집을 가게 되면 안채를 힐끔거리게 된다. 지금은 안채가 사용되지 않을뿐더러 홀에도 탁자가 많지 않다. 거의 배달을 시켜서 먹는 추세이다 보니 그럴 수도 있겠지만 문전성시를 이루었던 그 옛날의 영화는 없는 듯하다. 이곳 읍내에도 음식의 다양화 바람이 불어왔으니, 아무래도 중국 음식을 선택하는 사람의 수요가 줄어들 수밖에 없는 게 현실이다.

입는 것도 먹는 것도 넉넉하지 않던 그 시절, 짜장면은 분명 우리를 행복하게도 설레게도 해 주던 음식이었다. 지금은 비만을 부르는 음식이라 하여 다이어트를 하는 사람들에게 외면을 받기도 하지만 그래도 여전히 나에게는 그리움을 불러일으키는 음식 중 하나다. 어쩌면 짜장면 한 그릇에 부자가 된 듯 행복해하던 자식의 모습을 하염없이 바라보던 엄마가 그리워서인지도 모르겠다.

음성의 커피,
카페 보그너

음성 커피를 샀다. 맛이 그리 깊지는 않다. 하지만 입안에서 오래도록 향이 맴돈다. 무엇보다 깔끔한 맛이다. 음성의 로컬 푸드 커피, 왠지 자랑스러웠다. 마음이 거들었는지 커피가 더 맛있게 느껴졌다.

영하 20°, 오늘 음성 날씨다. 상상도 못 할 일이다. 얼마나 고민을 하고 연구를 했을까. 실패도 많았을 것이다. 하지만 결국 그 모든 난관을 이겨 내고 성공하지 않았던가. 더운 나라에서만 생산된다는 커피, 하지만 이곳 음성에서도 커피가 생산된다. 몇 년 전 방송을 통해 전파가 되었으니 이미 아는 사람도 있겠지만 아마도 대부분의 사람들은 눈과 귀를 의심할 것이다. 사실 나도 처음에는 믿지

117

않았다.

음성 하나로 마트에는 몇 년 전 로컬 푸드 코너가 만들어졌다. 음성 농가에서 재배한 작물은 포장지에 생산자의 이름이 새겨져 진열대에 올라간다. 소비자들은 생산지뿐 아니라 생산한 사람까지 알 수 있으니 믿고 구입을 한다. 로컬 푸드 매장이 들어서고 오래되지 않아 마트 입구 한옆에 카페가 들어섰다. 처음에는 여느 카페와 별반 다르지 않은 곳인 줄 알았다. 커피를 마시러 들어가니 벽에 걸린 모니터 화면에 '카페 보그너'에 대한 방송이 나왔다. 음성 생극면에 있는 커피 농장을 방문 취재 한 내용이었다. 아마도 방송국에서 방영한 내용을 반복 재생시키고 있었던 모양이다. 카페 주인장에게 물어보았다. 저게 사실이냐고. 음성에서 커피가 재배된다는 사실이 믿기지 않아 한참을 시청하고도 재차 물었다. 카페 문을 열고 들어가면 커다란 커피나무 화분이 보인다. 조화인지 만져 보니 진짜 커피나무다.

음성에서 재배한 커피를 원두로 쓰고 있다는 생각에서인지 커피 맛이 더 신선하다는 생각이 들었다. 그런데 나중에서야 음성 커피는 드립으로만 주문을 받는다는 사실을 알게 되었다. 그마저도 요즘 원가 상승으로 값이 비싸서인지 메뉴에서는 찾을 수 없었다. 아무래도 더운 나라가 아니다 보니 다량의 커피 생산이 어려울 뿐 아니라 생산을 위한 운용비가 만만치 않을 터였다. 다행히 집에서 드립으로 내려 먹을 수 있게 소포장된 음성 커피는 판매되었다. 집에서 내려 먹고 싶다는 생각에 음성 커피를 샀다. 맛이 그리 깊지는 않다. 하지만 입안에서 오래도록 향이 맴돈다. 무엇보다 깔끔한 맛이다. 어깨가 으쓱해진다. 음성의 로컬 푸드 커피, 왠지 자랑스러웠다. 마음이 거들었는지 커피가 더 맛있게 느껴졌다.

슈베르트가 사랑했다는 오스트리아 빈의 카페 '보그너', 그래서 이름을 '카페 보그너'라고 지었다는 음성 커피 농장 대표의 인터뷰 기사가 잊히지 않는다. 수많은 곡을 작곡한 음악가의 마음을 유혹한 커피, 한때 유럽에서는 커피를 두고 '악마의 음료'라 칭하며 커피를 금하기도 했다. 하기야 나 또한 하루라도 커피를 마시지 않으면 왠지 허전하고 마음이 불안하다는 생각이 든다. 그래서인지 집에서도 커피메이커를 거의 매일 사용하는 편이다.

하나로 마트를 이용할 때마다 들르는 것은 아니지만, 가끔 마트 근처 아파트에 사는 친구를 불러낼 때는 어김없이 카페 보그너가 만남의 장소가 된다. 장도 보고 차도 마실 수 있으니 바쁜 시간을 효율적으로 쓰기에는 제격이다. 물론 사람들의 왕래가 많아 혼자서 조용히 책을 읽기에는 마땅치 않지만 친구와 담소를 나누기에는 이보다 더 좋을 수 없지 싶다. 이곳을 애용하는 데는 또 다른 이유가 있다. 커피와 함께 슬그머니 따라 나오는 과자도 그렇고, 언제나 밝게 대해 주는 주인장의 모습도 그렇다. 말하지 않아도 이름을 기억하고 쿠폰 도장과 마트의 포인트까지도 챙겨 주는 모습에 저절로 미소가 지어진다. 커피는 쓰지만 그 향은 오래도록 입안에서 머무는 것처럼 음성 하나로 마트 '카페 보그너'는 사람의 향기가 진한 커피집이다.

호느실,
외갓집 가는 길

산모퉁이 카페

카페는 크지 않지만 아담하면서도 실내가 정겹다. 창가에는 주인장이 심고 기르는 화초들이 푸르게 놓였다. 그곳을 들를 때마다 화분에 어떤 꽃들이 피었는지 들여다 보는 것도 하나의 낙이다.

자주 가고 싶은 곳에는 분명 이유가 있기 마련이다. 음성에서도 카페의 인기가 날로 높아져 읍내를 걷다 보면 몇 걸음 간격으로 카페가 보인다. 얼마 전에는 큰 도시에서나 볼 수 있는 광대한 카페가 들어섰다. 매장이 크다 보니 20여 명이 우르르 몰려가도 자리가 충분할 정도다. 젊은이들이 하는 가게라 그런지 인테리어도 시원시원하고 분위기도 밝다. 아마도 여름이 막 시작하던 무렵이었을 게

　　　　　　　　　　　　　3. 연탄 구이 집, 털보네

다. 품바 축제가 끝나고 음성 문인협회 회원들의 저녁 식사 모임이 있었다. 저녁을 먹고 난 후 우리는 새로 생긴 그 카페에서 차를 마시기로 했다. 30명에 가까운 회원이 들어서자 매장 직원은 우리를 매장과 이어진 옆 건물의 옥상으로 안내했다. 넓은 옥상에서도 차를 마실 수 있게끔 예쁜 탁자와 의자가 놓여 있었다. 우리는 그곳에서 마음 놓고 수다를 떨며 밤의 정취도 느꼈다. 밤하늘의 별이 어찌나 예쁘게 반짝이던지 오랜만에 느껴 본 행복한 순간이었다.

하지만 이상하게도 쉬이 그 카페로 발걸음이 향하지는 않는다. 너무 넓어서일까. 가게가 다정다감하지 않다. 정작 친구들과 자주 가게 되는 카페는 용산 저수지 밑에 자리한 '산모퉁이 카페'다. 그곳에 부러 차를 마시러 가는 날은 드물다. 대개는 용산 저수지에 조성된 쑥부쟁이 둘레길을 두어 바퀴를 돌고, 봉학골 산림욕장까지 걷고 난 다음에야 차를 마시러 간다. 그때는 차를 산모퉁이 카페 주차장에 세워 놓고 시작한다. 꿩 먹고 알 먹는다고, 아마도 우리처럼 걷는 사람이 꽤 있는 듯하다. 카페는 크지 않지만 아담하면서도 실내가 정겹다. 창가에는 주인장이 심고 기르는 화초들이 푸르게 놓였다. 그곳을 들를 때마다 화분에 어떤 꽃들이 피었는지 들여다보는 것도 하나의 낙이다.

그 카페는 복층 구조로 되어 있는데, 우리는 주로 2층에서 차를 마신다. 그곳에도 주인장이 기르는 화초가 난간을 따라 자라고 있어 기분을 좋게 만든다. 높은 천장과 함께 시원하게 트인 창은 바깥의 전망을 보는 재미를 쏠쏠하게 해 준다. 무엇보다 주인장의 밝은 미소가 차의 맛을 한층 돋운다고 할 수 있다. 이곳 주인장은 음성 사람이 아니다. 귀촌을 한 사람이다. 산모퉁이 카페는 몇 년 전 용산 '부용마을'이 조성되고 난 후 생긴 카페다. 부용마을은 귀촌한 사람들이 모여 사는 공동체 마을이다. 작년에 그곳이 궁금해 주택들을 구경하러 갔다. 유럽에서나 볼 수 있는 예쁜 집들이 각각 다른 모습으로 마을을 이루었다. 울안 작은 정원에는 화초와 나무들로 만든 조경이 멋스러웠다. 나이가 들면 도시에 살던 사람도 공기 좋은 시골에다 전원주택을 짓고 살고 싶어 한다. 특히 퇴직을 하고 난 후, 소일거리로 텃밭이나 가꾸며 자연을 벗 삼아 유유자적 지내고 싶어 이런 시골을 찾는 것일 게다. 부용마을은 그런 꿈을 펼치기에 더없이 좋은 곳이다. 마을 앞으로는 가섭산이 푸르게 펼쳐 있고 그 아래에는 용산 저수지 쑥부쟁이 둘레길과 봉학골 산림욕장이 이어졌다. 산수가 코앞이니 이보다 더 좋은 환경은 없을 듯싶다. 그리고 집집마다 작은 텃밭 정도는 가꿀 수 있게 해 놓았으니 상추나, 고추 등 간단한 식재료도 손수 기를 수 있다. 집을 지을 수 있는 부지를 찾으러 다니지 않아도 되고, 집도 선택만 하면 되니 발품의 수고도 없다. 부용마을은 공동체 마을인 만큼 사람들 간에 소통이 잘 이루어지는 것은 물론이고 화합도 잘되는 듯하다. 차를 마시다 보면 종종 부용마을 사람들을 보게 되는데 그분들의 얼굴이 참 밝아 보여서 덩달아 기분이 좋아진다.

오늘도 우리는 쑥부쟁이 둘레길을 돌고 내려와 시원한 아이스 아메리카노를 주문했다. 부용마을로 들어가는 입구이자, 용산 저수지로 올라가는 산모퉁이에 있는 산모퉁이 카페. 읍내와 떨어져 있어 아무래도 시간적으로 여유가 있을 때 오게 되는 카페지만 그래도 나와 내 친구들은 이곳을 무척이나 좋아한다. 아무래도 우리의 수다는 오늘도 한참이나 길어질 듯싶다.

칼국수는
미감이다

많은 사람이 몰려와 한없이 기다리고 있는데도 주방 안의 노주인장은 언제나 느긋하다. 힐끔힐끔 식당 좌석을 보며 알았다는 표정을 짓기는 하셨지만 속도가 달라지지는 않았다. 이쯤 되면 사람을 더 들일 만도 하건만 변하는 것은 없었다.

비가 오는 날이면 생각나는 집이다. 적당히 굵은 면발은 쫄깃하고, 국물도 시원하면서도 깊은 맛이다. 게다가 푸짐하게 나오는 바지락에 환호성을 지르게 된다. 가게 이름이 어찌 그리도 국수의 맛과 잘 어울리는지 참으로 용하다. 미감, 맛을 느끼다. 그러니 '미감 칼국수'는 맛을 느끼는 칼국수라는 뜻인데, 사실 그 집 칼국수는 맛을 느낄 새도 없다. 정신없이 먹다 보면 어느새 바닥이 드러난다. 음성 사람이라면 미감 칼국수가 맛집이라는 것쯤은 다 안다. 시간을 잘못 맞춰 가기라도 하면 자리가 없어서 한참을 기다려야 한다. 그러니 낭패를 보지 않으려면 사람들이 몰리지 않는 11시 30분쯤이나, 사람들이 빠져나가 한산한 1시 30분쯤 가야 한다. 그러면 편안한 마음으로 칼국수의 진한 맛을 여유롭게 즐길 수 있다.

미감 칼국수는 원래 음성군청과 지근거리에 있던 작은 식당이었다. 작은 식당이었음에도 사람들은 알음알음으로 용케도 잘 찾아갔다. 그것은 아마도 맛이 사람들을 불러들였기 때문이리라. 남편을 따라 그 작은 식당에 가 본 적이 있다. 비좁은 식당에 테이블이 몇 개 되지 않았음에도 사람들은 불편해하지 않았다. 오히려 자리를 차지했다는 안도감으로 상기된 표정들이었다. 음식이 나오자 사람들은 후루룩후루룩 국수를 먹느라 정신이 없었다. 후덕진 몸처럼 마음도 넉넉하신 분이었다. 음식의 재료는 바지락을 빼고 모두 직접 농사를 지은 것이라고 하셨다. 혼자서 요리도 하시고 음식을 나르기도 하셨다. 그러다 보니 성질 급한 사람 입장에서는 숨이 넘어갈 때쯤 칼국수가 나온다. 그러니 그것을 아는 사람만 그곳을 갔던 듯하다. 아무리 맛있는 음식일지라도 시간을 다투는 직장인들에게 그 집은 그림의 떡이 될 수밖에 없다.

그러던 어느 날 미감 칼국수가 군청과는 거리가 조금 떨어진 시장통 중간쯤의 골목으로 자리를 옮겼다. 아마도 넘치는 손님에 노주인장도 결단을 내릴 수밖에 없었을 터이다. 가게는 예전과 비교도 되지 않을 만큼 넓었다. 게다가 음식을 나르는 직원도 두었다. 그럼에도 여전히 점심때면 빈자리가 없다. 사람들은 가게도 넓어졌고, 직원도 한 사람 두었으니 음식이 빨리 나올 것이라 예상해 찾아들었을 것이다. 물론 예전에 비하면 속도는 빨라졌다. 하지만 다른 식당과 비교한다면 꼭 그렇지만도 않았다. 많은 사람이 몰려와 한없이 기다리고 있는데도 주방 안의 노주인장은 언제나 느긋하다. 힐끔힐끔 식당 좌석을 보며 알았다는 표정을 짓기는 하셨지만 속도가 달라지지는 않았다. 이쯤 되면 사람을 더 들일 만도 하건만 변하는 것은 없었다. 하긴 지금보다 더 좁은 가게에서 할 때도 혼자서 모든 것을 다 해결하셨으니 이만하면 양반이라 생각하셨을지도 모를 일이다.

미감 칼국수의 메뉴는 오로지 '바지락 칼국수' 한 가지다. 그러니 따로 주문할 필요 없이 사람 수만 알려 주면 되었다. 얼마 전이었다. 그날도 비가 부슬부슬 내려 친구 둘과 함께 칼국수를 먹기로 했다. 물론 늦은 점심으로 사람들이 빠져나간 시간을 택했다. 음식을 기다리는 중에 옆 좌석에 손님들이 자리를 잡았다. 시골에서 농사를 짓는 두 쌍의 부부로 보였다. 농부들에게는 비 오는 날이 쉬는 날이니 날궂이를 하러 나온 모양이었다. 그중 한 여인이 이곳에 와 본 경험이 있었는지 국수 네 그릇을 주문했다. 그 순간이었다. 그 여인의 남편으로 보이는 사람이 얼굴을 붉히며 자신은 국수 말고 술과 안주를 시키라며 윽박지르기 시작했다. 아내와 옥신각신하는데 이 모습을 지켜보던 주인장이 주방에서 큰소리로 외쳤다.

"여기는 술 없어유! 술 마실 거면 다른 데로 가유!"

그 소리에 기가 죽었는지 남편은 아무 말도 못 하고 죄 없는 아내 얼굴만 흘겼다. 잠시 후 우리 상으로 국수가 나오고 한참을 더 기다린 끝에 농부들의 상에도 국수가 나왔다. 우리는 네 사람이 정신없이 국수를 먹는 모습을 보며 가게를 나왔다. 비록 술을 먹지 못해 마음이 흡족하진 않았을지라도 맛있는 국수를 먹었으니 사이좋게 돌아가지 않았을까 싶다.

흐르는 세월을 잡을 수만 있다면 얼마나 좋을까. 미감 칼국수가 오래오래 음성 사람들 곁에 있기를 바라지만 그것도 어쩌면 부질없는 내 욕심일까. 요즘 가게를 조만간 접을 거라는 미감 칼국수에 대한 소식이 그저 풍문이기를 바랄 뿐이다.

127

마침표 말고
쉼표

나에게는 카페마다 나름의 용도가 각기 다르다. 친구를 만나 담소를 나눌 때는 아늑하고 사람들의 왕래가 많은 곳을 택하지만, 책을 읽거나 글을 쓰고 싶을 때는 조용하고 탁 트인 곳을 선호하게 된다. 오늘 책을 들고 온 곳은 읍내에 있는 카페 '쉼표'다.

2층 구석 자리, 어느새 지정석이 되었다. 벽에 붙어 있는 탁자라 이곳에 앉으면 시선이 밖을 향하게 된다. 그러니 누구에게도 방해받지 않는 자리다. 상념에 젖고 싶을 때, 혹은 집이 아닌 다른 곳에서 책을 읽고 싶을 때 가는 곳이다. 오늘도 책 한 권을 들고 앉았다. 설령 등 뒤로 놓여 있는 탁자에 사람이 앉더라도 나는 보이지 않으니 괜찮다. 한참을 책에 빠져 있다가도 문득 심드렁해질 때가 온다. 그럴 때는 책을 덮고 행인들을 구경한다. 남녀가 걸어가면 그들이 지나온 과거와 앞날까지도 혼자서 추측하고 예견해 한 편의 서사를 뚝딱 만든다. 또는 학생 여럿이 웃고 떠들며 지나가는 모습에도 나름으로 상상을 하고 이야기를 만들다 보면 지루함이 싹 가신다.

카페를 이용하는 사람들은 저마다 이유가 있다. 친구와 담소를 나누기도 하고, 모임이 끝난 후 아쉬움을 달래기 위해 카페를 찾기도 한다. 또 어떤 이들은 공부를 하거나 글을 쓰기 위해 카페를 찾는다. 그런데 나에게는 카페마다 나름의 용도가 각기 다르다. 친구를 만나 담소를 나눌 때는 아늑하고 사람들의 왕래가 잦은 곳을 택하지만, 책을 읽거나 글을 쓰고 싶을 때는 조용하고 탁 트인 곳을 선호하게 된다. 오늘 책을 들고 온 곳은 읍내에 있는 카페 '쉼표'다. 이곳은 넓은 1층과 작은 2층의 복층 구조다. 복고풍의 차분한 분위기를 자아내는 곳이다. 벽 쪽에는 유럽에서나 볼 수 있는 접시와 가구들로 고풍스럽게 장식했다. 이상하게도 좋은 커피 맛을 만드는 데는 분위기도 한몫을 하는 듯하다. 이곳에서 커피를 마시면 왠지 우아해지는 느낌이 들기도 한다. 이곳은 종종 모임이 끝난 후 몇몇이 어울려 들르는 곳이다. 여럿이 앉을 수 있는 탁자가 있어 대여섯 명이 수다 떨기에는 안성맞춤이다.

사실 이곳을 좋아하는 이유는 2층 때문이다. 1층이 복고풍의 분위기로 커피 맛을 그윽하게 해 준다면, 2층은 조용히 회의를 하거나 책을 읽기에 적합하다. 내가 속한 독서모임도 이 카페 2층에서

토론을 한다. 탁자가 몇 개 되지 않아 우리 회원들 8명이 둘러앉으면 딱 맞는 공간이다. 다른 사람들에게 방해도 주지 않으면서 오롯이 우리들만의 이야기에 집중할 수가 있어 좋다. 같은 책을 읽어도 그 책에서 느끼는 생각은 모두가 다르다. 살아온 환경과 자신만이 가진 삶의 철학들이 다르니 같은 책을 읽더라도 그 속에서 뽑아내는 의미는 상이할 수밖에 없다. 토론을 하다 보면 한 권의 책에서 얻을 수 있는 것들이 참 많다는 것을 매번 느낀다. 나 혼자 읽고 말았다면 결코 알 수 없었을 진리들을 다른 이의 생각과 느낌으로 깨닫게 된다.

삶의 깊이는 저절로 깊어지지 않는다. 책을 읽는 것만으로 진정한 삶이 무엇인지 깨달을 수는 없겠지만, 그 언저리라도 갈 수 있지 않을까 하는 생각에 들어간 모임이다. 각자 하는 일도 다르고, 전공도 다른 사람들이 모여 한 달에 한 번 책 속에서 의미를 찾는 일은 어쩌면 보물을 찾는 일이라는 생각도 든다. 오늘도 우리는 차갑거나 뜨거운 커피를 마시며 책 이야기 삼매경에 빠졌다. 바쁘게 살다가도 우리는 한 달에 한 번 '카페 쉼표'에서 잠시 이렇게 쉬어 간다.

3. 연탄 구이 집, 털보네

4.

5월, 품바가 온다

5월,
품바가 온다

축제다. 5월의 산과 들에서 꽃향기로 사람을 매혹한다
면, 이곳 음성에서는 '품바 축제'가 사람을 달뜨게 만든
다. 해마다 5월이면 음성은 전국에서 모여든 품바들로
시내가 들썩인다.

계절이 무르녹는 5월이다. 산과 들에 피어난 꽃들도 색을 완연히
바꾸었다. 화려하지는 않다. 그렇다고 해서 존재감마저 없는 것은
아니다. 붉게 타오르거나, 노랗게 설레발을 치는 것은 더더욱 아니
다. 온화한 빛으로 조용히 자신의 자리에서 빛을 낸다. 주렁주렁 열
매를 단 듯, 꽃송이들이 무겁게 늘어진 아카시아. 꽃바구니를 누가
가져다 놓았을까. 담상담상 피어 있는 찔레꽃. 폭설이라도 내린 걸

까. 화사함을 자랑하는 이팝나무, 사랑스러운 별 모양의 꽃송이를 가지마다 얹은 산딸나무. 이 모두가 5월을 사랑하는 꽃들이다. 이 상하게도 이맘때 피는 꽃들은 모두 향기를 품었다.

축제다. 5월의 산과 들에서 꽃향기로 사람을 매혹한다면, 이곳 음성에서는 '품바 축제'가 사람을 달뜨게 만든다. 해마다 5월이면 음성은 전국에서 모여든 품바들로 시내가 들썩인다. 2년 동안은 코로나로 인해 온라인으로나마 진행하며 아쉬움을 달랬었지만, 작년부터 축제가 재개되었다. 작년에 열렸던 품바 축제는 아무래도 코로나 감염의 위험성으로 인해 축소해서 열린 축제였다. 하지만 올해는 예전 그 이상의 모습을 볼 수 있을 것이다. 준비 중인 시설물의 규모와 프로그램의 다양성만 보아도 그렇다. 지하도와 천변의 공연장은 무대 설치로 부산하고, 행사장 대로변도 새롭게 정비가 끝났다. 주 무대인 설성공원에는 천막과 공연 시설물로 손님을 맞을 준비가 마무리되어 간다.

처음 품바 축제가 열리 게 된 것은 걸인들의 성자 최귀동 할아버지의 숭고한 정신을 기리기 위함이다. 최귀동 할아버지의 삶을 알린 사람은 꽃동네 설립자 오웅진 신부였다. 오웅진 신부가 최귀동 할아버지를 만난 것은 1976년 무극성당 부임 신부로 부임하고 며칠 후였다. 성당 앞길에서 동냥밥을 얻어 움막으로 돌아가는 할아버지 모습을 발견한 오웅진 신부는 그 뒤를 따라가 보았다. 할아버지를 따라간 그곳은 용담산 밑 움막이었는데 당시 그곳에 18명의 걸인들이 살았다. 그들 중에는 장애인, 중환자 등 동냥조차 못 하는 걸인들이 함께였다. 최귀동 할아버지가 동냥해 온 밥을 그들에게 먹여 주었다. 그 모습을 본 오웅진 신부는 큰 충격에 빠졌다. 그 후 오웅진 신부는 주머닛돈을 털어 시멘트 한 포를 사고 냇가에서 모래를 퍼 와 집을 짓기 시작했다. 그것이 꽃동네의 시작이었다. 최귀동 할아버지는 자신의 안구를 26세의 청년에게 기증하고 1990년 1월 4일 돌아가셨다. 할아버지는 돌아가셨지만 그의 고귀한 삶을 잊지 않기 위해 음성군에서는 2000년부터 지금까지 품바 축제를 이어 가고 있다.

이제 품바 축제는 음성군만의 축제가 아닌 듯하다. 명실공히 우리나라를 대표하는 축제로 자리를 잡았다. 축제장에서는 외국인도 내국인도 모두가 하나가 되어 축제를 즐긴다. 다른 곳에서는 걸인의 옷이 구저분하다 여겨 걸쳐 볼 엄두도 못 내겠지만 이곳에서만큼은 그보다 더 멋지고 화려한 옷은 없다. 그러니 너도나도 찢어지거나 기워 낸 걸인의 옷을 구하기 위해 발품을 팔기 바쁘다. 어떤 사람은 직접 만든 누더기를 입고 신나게 뽐내면서 다닌다. 찢어졌어도 괜찮고, 얼기설기 기웠어도 멋지기만 하다.

축제장에서는 모두가 즐겁다. 웃지 않는 이가 없다. 걸인의 옷을 입었음에도 마음만은 부자다. 그도 모자라 사람들은 얼굴을 지저분하게 만들기 위해 미술협회 부스 앞에 길게 줄을 선다. 그럼에도 벙글벙글 웃느라 바쁘다. 누가 더 남루한 옷을 입었는지를 겨루는 무대인 듯 착각이 들기도 한다. 가진 것이 없어도 좋다. 나눌 수 있는 마음만 있으면 모두가 행복해질 수 있는 축제, 그것이 품바 축제가 바라는 진정한 모습일 터이다.

　은은한 꽃향기로 사람을 반기는 5월의 나무들처럼, 품바 축제는 사람들의 온기로 넉넉하게 이 계절을 행복하게 만들고 있는 중이다.

쑥부쟁이
둘레길

가을이면 쑥부쟁이 길의 진정한 맛을 보게 된다. 이 길의 주인은 분명 쑥부쟁이가 맞지만, 키 작은 고마리꽃부터 보랏빛 꽃향유와 개여뀌 또한 이 길을 밝혀 주는 주인공들이다. 유독 가을에 사람들이 이곳을 많이 찾는 이유도 아마 그 작은 꽃들 때문일 것이다.

물 위로 놓인 덱 길이 발을 디딜 때마다 소리를 낸다. 추위에 나무로 만든 길도 얼어 버린 모양이다. 그 많던 새들은 다 어디로 갔을까. 새 한 마리도 보이질 않는다. 저수지가 꽁꽁 얼었다. 마음이 번잡스러워 나선 길이다. 이런 날은 책을 읽어도 머릿속에 들어오지 않고, 글을 쓰려 해도 쉬이 문장들이 생각나지 않는다. 그럴 때는 자리를 털고 일어나야 한다. 오늘은 혼자 용산 저수지에 만들어진 쑥부쟁이 둘레길을 찾았다. 생각을 정리하기에 이곳보다 좋은 곳은 없다. 가을이 되면 이곳에는 보랏빛 쑥부쟁이들이 하늘하늘 바람에 춤을 추지만, 지금은 모든 것이 잠을 자는 듯 고요하기만 하다.

입춘이 지나니 땅도 봄기운이 완연하다. 저수지 안은 얼락녹을락 해서인지 꽁꽁 언 저수지 중간중간에 물이 고인 곳도 보인다. 날씨가 그새 많이 풀렸기 때문일 것이다. 간간이 산책을 나온 사람들이 보인다. 나처럼 혼자 걷는 이도, 친구와 또는 부부가 함께 걷는 이들도 있다. 모두들 걷는 속도가 빠르다. 생각을 정리하고 있는 나만이 천천히 걷는다. 어느새 녹기 시작한 땅을 한참 동안 내려다보기도 하고, 빈 하늘을 올려다보기도 한다. 산 쪽으로 나 있는 길을 걸을 때는 혹시나 산새 소리라도 들릴까 귀를 쫑긋 세우며 걷는다. 바람 소리조차 들리지 않는 고요한 시간이다. 능놀며 걷는 길이어서 그런지 공기가 달기만 하다.

용산 저수지에 쑥부쟁이 둘레길이 생긴 지는 그리 오래되지 않았다. 그것도 처음에는 용산 저수지만을 도는 길이었다. 그러던 것이 몇 년 전부터는 봉학골 산림욕장으로 이어지는 둘레길로 조성이 되었다. 저수지를 돌고 난 다음 산림욕장으로 향한 길을 올라가다 보면 소나무 향에 마음이 절로 정화가 된다. 음성 시내에서 조금만 벗어나면 이런 휴식 공간이 있다니 축복받은 지역이라는 생각이 든다.

쑥부쟁이 둘레길은 어느 계절이건 아름다운 길이다. 지금처럼 추

139

운 겨울에도 한적하니 마음을 쉬기에는 안성맞춤이다. 얼마 있으면 곧 봄이 온다. 봄이 오면 이 둘레길은 또 다른 모습으로 사람들을 반긴다. 저수지를 발아래 둔 산에서는 산수유와 생강나무꽃이 먼저 사람들을 반길 것이고 뒤이어 분홍빛 진달래가 수줍은 모습으로 얼굴을 붉힐 터이다. 여름이면 더위를 피해 봉학골을 찾은 사람들에게 이 둘레길이 지친 마음을 다독여 줄 것이다.

지난여름 소나기가 쏟아지는 날 친구와 이 길을 걸었다. 우산을 두드리는 빗소리에 우리는 서로 마주 보며 소녀 시절로 돌아간 듯 얼마나 웃었는지 모른다. 이 길은 누구와 걸어도 싫증이 나지 않는다. 친구와 걸으면 속내를 모두 털어놓게 되고, 남편과 걸으면 이상하게도 도타운 정이 새록새록 생겨난다. 아주 가끔은 혼자 걷고 싶은 때도 있는데 그것은 지금처럼 무언가 풀리지 않을 때다. 물 위를 미끄러지듯 헤엄치는 오리들을 보거나, 거대한 봉학골 산이 물속에 잠긴 것을 바라보다 보면 세상일이 아무것도 아닌 것이 되는 경험을 한다. 가을이면 쑥부쟁이 길의 진정한 맛을 보게 된다. 이 길의 주인은 분명 쑥부쟁이가 맞지만, 키 작은 고마리꽃부터 보랏빛 꽃향유와 개여뀌 또한 이 길을 밝혀 주는 주인공들이다. 유독 가을에 사람들이 이곳을 많이 찾는 이유도 아마 그 작은 꽃들 때문일 것이다.

어느새 둘레길이 끝나 간다. 그런데 꽁꽁 언 물속에 몸을 담그고 있는 물버들을 보고 넋을 잃고 말았다. 가지마다 붉은빛으로 물이 올랐다. 여리고 가는 가지마다에는 작은 겨울눈이 바짝 몸을 웅크렸다. 움을 틔울 준비를 하고 있는 게다. 온몸을 조이는 얼음 속에서도 버들은 저렇게 겨울을 버티며 봄을 준비하고 있었구나. 거룩한 성자가 된 물버들은, 삶이 온통 고통일지라도 생명의 빛은 자신을 일으켜 세우는 희망이라는 것을 몸소 보여 준다.

추억의
음성 복지회관

처음으로 음성 복지회관에 갔던 것도 중학교 때 반공 영화를 보기 위해서였다. 복지회관에서는 영화 상영뿐 아니라 음악회라든가 유치원 졸업 발표회, 각종 대회 등이 치러지기도 했다. 선거 때가 되면 후보자들의 유세도 그 앞에서 이루어졌고, 지인과의 약속 장소로도 단연코 손꼽히는 곳이었다.

한 도시를 상징하는 것은 많다. 특산물이나, 축제, 음식 또는 건물이 되기도 한다. 근래에 들어 음성을 상징하는 것을 꼽으라 하면 단연 '음성 문화예술회관'이다. 음성읍의 외곽에 자리한 음성 문화예술회관은 타지 사람들에게 좀 의아한 느낌으로 다가올 수 있다. 이

4. 5월, 품바가 온다

렇게 작은 소도시에 웅장하면서도 아름다운 모습의 문화예술회관
이 있다는 것은 놀라운 일이다.

음성의 진입로 중 예술회관이 있는 쪽은 서울 방향이다. 그러니
서울에서 내려오는 사람들에게는 문화예술회관이 처음으로 마주
하는 음성의 모습이다. 사람과 사람의 관계에서 첫인상이 중요하
듯 그 고장에 대한 첫인상 또한 별반 다르지 않다. 그러니 예술회관
의 모습을 통해 음성의 모습을 어느 정도 간파할 수 있으리라 본다.
음성을 방문하는 사람들을 제일 먼저 반기는 문화예술회관은 어쩌
면 음성을 대변한다고 보아도 무방하다. 작은 소도시지만 이곳에
는 유독 예술인들이 많다. 때문에 문화예술회관은 음성 예술인들
의 무대이자 자긍심이다.

음성 문화예술회관은 그 외양부터 평범하지 않다. 그것은 사실
건물 자체가 많은 의미를 담고 있기 때문이다. 천장과 벽이 둥근 모
양을 한 중앙의 건물은 충북의 상징인 청풍명월을, 공연장과 객석
은 음성의 소리가 음성 전 지역으로 퍼져 나가라는 의미이며, 하늘
지붕을 지지하는 아홉 개의 기둥은 아홉 개 읍면을 상징한다. 예술
회관의 정원과 주차장은 한국적인 건물 배치를 모티브로 했다. 한
국의 꽃담, 산성, 전통 문양의 공간으로 전체적인 회관의 분위기가
부드럽고 친근하게 다가온다.

사실 문화예술회관이 들어서기 전에 음성의 각종 문화 행사를 담
당했던 곳이 따로 있었다. 음성 시내의 북쪽에 자리했던 '음성 복지
회관'이 바로 그곳이다. 복지회관은 1982년에 건립되어 30여 년 동

143

안 음성 사람들에게 많은 추억을 심어 준 곳이다. 1980년대 우리 나라는 초·중·고 학생들에게 의무적으로 반공 영화를 관람하게 했다. 내가 처음으로 음성 복지회관에 갔던 것도 중학교 때 반공 영화를 보기 위해서였다. 복지회관에서는 영화 상영뿐 아니라 음악회 라든가 유치원 졸업 발표회, 각종 대회 등이 치러지기도 했다. 선거 때가 되면 후보자들의 유세도 그 앞에서 이루어졌고, 지인과의 약속 장소로도 단연코 손꼽히는 곳이었다. 당시만 해도 복지회관은 음성을 대표하는 건물이었기에 음성 사람이라면 모르는 이가 없었다. 그렇게 음성 사람들에게 많은 삶의 애환을 남겼던 복지회관은 30년 만인 2012년에 헐리고 말았다. 낙후된 시설로 행사 대여나 사용 횟수가 점차 줄어들게 되었고 많은 유지관리비로 어려움을 겪는 상황이었다.

더구나 2008년에 음성 문화예술회관이 개관하면서 음성 복지회관은 사람들로부터 완전히 외면받게 되었다. 더 이상 사람들은 낡은 복지회관에서의 행사를 꺼려 했다. 나도 문화예술회관이 개관되고 몇 년 후 그곳 다목적실을 대여했다. 그때는 논술교실을 운영하고 있었기 때문에 학부모를 대상으로 하는 입학설명회를 그곳에서 개최했다. 음성 관내의 학부모들이 정말 많이 참여해 주어 성황리에 행사가 마무리됐다. 돌이켜 보면 행사의 내용도 중요하지만 장소의 역할도 한몫했을 것으로 생각된다.

요즘 음성 사람이라는 것이 얼마나 뿌듯한지 모른다. 해마다 음성 문화예술회관에서 정말 상상도 할 수 없는 일들이 벌어지고 있기 때문이다. 세계 피아노 연주의 거장 유키 구라모토를 비롯하여 백건우, 조수미, 금난새 등과 같은 세계적인 유명 예술인들의 공연은 물론이고, 대도시에서나 볼 수 있는 연극과 음악회가 이곳 음성 문화예술회관에서도 열린다. 그러니 음성의 예술이 빛나지 않을 수 있을까. 가끔 다른 지역 사람들로부터 부러움 섞인 말을 들을 때면 저절로 어깨가 올라간다. 문화의 향기가 진한 음성, 그것은 '음성 문화예술회관'이전에 이제는 과거가 되어 사라진 '음성 복지회관'이 있었기 때문은 아니었을까.

흐느실,
외갓집 가는 길

설성공원의
사계(四季)

설성공원에서는 가끔 우연찮게 행운 같은 일이 일어난
다. 어느 여름날이었다. 저 멀리 공원과 맞닿은 음성천
대로변의 경계쯤, 백화나무 그늘 아래 앉아 있는 사람이
보였다. 달랑 기타 하나 들고 노래를 부르는 남자였다.
노랫소리가 크지 않아 적당히 달달하게 귀에 감겼다.

봄, 시작이다. 모든 생명이 움트기 시작하는 계절, 사람도 자연과
더불어 생동한다. 추위로 모든 것이 정지된 듯 움직임이 없던 설성
공원도 어느새 여기저기서 무언가가 스멀댄다. 가까이 가야만 볼
수 있는 땅속의 작은 생명들과 움츠렸던 나무들, 멀리서 보아도 느
낄 수 있는 아이들의 몸짓 모두가 그렇다. 어쩌면 저리도 맑을까.

하늘로 띄워 올린 것은 축구공만이 아니다. 공원을 깨우는 소년들의 웃음소리가 공을 따라 하늘 높이 떠오른다. 설성공원의 봄은 아이들의 재잘거리는 말소리에 비로소 스위치가 켜진다. 물론 지금은 겨울의 막바지, 불어오는 바람결에 봄의 내음도 느껴지지만 아직도 어딘가에는 겨울의 매서움이 움츠리고 있을지 모른다. 그래도 아이들의 웃음으로 숨어 있는 겨울을 밀어내고 있으니 계절은 결코 후퇴하지 않을 것이다.

설성공원에서는 많은 축제가 벌어진다. 벚나무와 연산홍이 꽃을 터트리면 축제의 시작이다. 어린이날이면 이곳에 아이들을 가득 불러 모아 축제를 벌이고, 품바의 정신을 이어받은 나눔과 사랑의 축제가 그 뒤를 잇는다. 여름이면 음성예총에서 주최하는 한여름 밤의 가요제가 열리기도 하고, 가을이면 설성문화제가 시작돼 공원은 또 잠 못 드는 밤을 맞이한다. 큰 축제 말고도 소소하게 일어나는 작은 축제들도 있다. 유치원생들의 운동회, 노인들의 무료 급식, 여러 단체들의 체육대회가 이곳을 달군다.

설성공원에서는 가끔 우연찮게 행운 같은 일이 일어난다. 2년 전, 어느 여름날이었다. 단풍나무 그늘이 있는 벤치에 앉아 책을 읽었다. 처음에는 누군가 라디오를 크게 틀어 놓은 줄 알았다. 주변을 둘러보니 저 멀리 공원과 맞닿은 음성천 대로변의 경계쯤, 백화나무 그늘 아래 앉아 있는 사람이 보였다. 달랑 기타 하나 들고 노래를 부르는 남자였다. 내가 앉아 있는 곳과는 거리가 있었기에 노랫소리가 크지 않아 적당히 달달하게 귀에 감겼다. 노래가 끝나자 박

147

수를 힘차게 쳐 주었다. 그런데 듣는 이가 또 있었는지 저 먼 곳에서도 박수 소리가 들려왔다. 우리의 박수에 용기를 얻은 것일까. 한결 맑고 청아한 노랫소리가 공원을 가득 채웠다. 그 뒤로도 몇 곡의 노래를 더 부르더니 기타를 내려놓는 모습이 보였다. 공짜로 노래를 들으려니 미안하기도 하고 고맙기도 해 근처 카페에서 시원한 아메리카노를 사다 그 남자 앞에 놓고는 얼른 제자리로 돌아왔다. 그날 이후, 그 남자가 공연을 하지 않은 것인지, 내가 시간을 맞추지 못한 것인지 라이브 공연은 더 이상 볼 수가 없었다.

설성공원은 사람들에게 많은 이야기를 만들어 준다. 먼저 인조 잔디가 깔린 족구장에서는 족구뿐만 아니라 배드민턴 경기를 벌이기도 하는데, 아이나 어른 할 것 없이 봄부터 초겨울까지 그곳에서 여유를 즐긴다. 그 좌측에는 노인들의 휴식과 건강을 책임지는 게이트볼장이다. 흰색의 천장 가림막이 설치되어 있는 야외 음악당에서는 각종 공연이 열려 사람들을 즐겁게 만든다. 하지만 야외 음악당 근처에 세워져 있는 '위안부 소녀상' 앞에서는 잠시 경건한 마음을 지녀야 한다. 공원 곳곳에 있는 아름드리 느티나무는 한여름 폭염으로 힘들어하는 사람들에게 시원한 그늘을 만들어 준다. 그러다가 곱게 물을 들이는 가을이 오면 사람들은 저절로 사색에 젖는다. 공원 우측에는 경호정이 있는데 그곳에서는 고려 전기에 건립되었을 것으로 추정되는 '오층모전석탑'을 만나는 행운도 얻는다. 연못에는 수련과 함께 어른 팔뚝만큼 큰 잉어들이 유유자적이다. 어쩌면 정자에서 이몽룡과 성춘향이 도란도란 이야기 나누는 모습도 볼 수 있을지도 모르겠다.

　겨울의 공원은 자는 듯 보이지만, 눈 쌓인 풍경은 음성의 절경 중 하나다. 설성공원은 음성 사람들에게 숨을 쉬게 하고, 평안을 가져다주는 허파 같은 장소다. 음성의 정중앙에 있어 누구나 쉽게 찾는다. 그러니 음성 사람뿐 아니라 이방인 누구나 그곳에 가면 추억 하나쯤은 가슴속에 지니게 된다. 어느 한 계절 아름답지 않은 모습이 없는 설성공원, 너무도 소중하고 자랑스러운 음성의 공원이다.

149

배움의 숲,
금빛과 설성 평생학습관

낮에는 종일 밭에서 힘들게 일을 하고 오시고, 또 어떤 분은 직장 일을 마치고 수업이 한창 진행 중일 때 들어오시기도 한다. 고된 농사와 직장에서의 일로 피곤하실 텐데도 얼마나 초롱초롱한 눈빛으로 수업을 들으시는지, 수업하는 보람은 물론이거니와 사명감까지 느끼게 된다.

"차렷, 선생님께 경례! 사랑합니다. 엄지 척!"

반장 어르신의 힘찬 구령에 맞춰, 수강생들은 큰 소리로 사랑한다고 외친다. 그와 함께 손을 머리 위로 올려 하트를 그린 뒤 엄지손가락을 추켜세우면 인사는 끝이 난다. 참으로 행복한 인사다. 처음에는 쑥스럽기도 하고 당황스럽기도 해 얼굴이 화끈거려 눈도 제대로 마주치지 못했다. 하지만 이제는 몇 번 들으니 적응이 되어서인지 나도 힘차게 사랑한다는 말로 화답의 인사를 드린다.

　나는 음성군 평생학습관의 프로그램 중 하나인 성인 검정고시반 강사이다. 금빛 학습관에서는 월요일부터 수요일 저녁 시간, 설성 학습관에서는 수요일부터 금요일 오전에 고졸 검정고시 수업이 있다. 나는 국어와 한국사를 맡고 있는데 화요일 저녁과 수요일 오전에 수업을 진행한다. 수강생들은 대부분 60대에서 70대 어르신들이다. 몇몇 분을 빼면 초졸 검정고시부터 시작해 중졸 검정고시를 거쳐 고졸 검정고시 수업을 받는다. 지난해까지 중졸반도 수업을 진행했다. 지금은 음성군의 적극적인 홍보에 힘입어 검정고시에 대한 관심이 많아졌다. 그 덕분에 강의를 받는 분들이 대폭 늘었다. 올해부터는 검정고시반도 증원이 되어 고등부만 수업을 맡게 되었다. 공부가 어려울 법도 한데 어르신들은 하나같이 즐겁다고 한다. 열정이 얼마나 대단한지 자연히 나도 수업에 열성을 다한다.

　세 시간이 넘도록 딱딱한 의자에 앉아서 강의를 듣는 어르신들의 모습을 보면 안쓰럽다. 사실 검정고시반은 오전보다는 저녁에 강의를 들으러 오시는 분들이 더 많다. 낮에는 종일 밭에서 힘들게 일을 하시고 수업 시간에 맞춰 부랴부랴 오신다. 또 어떤 분은 직장일을 마치고 오시기 때문에 수업이 한창 진행 중일 때 들어오시기도 한다. 고된 농사와 직장에서의 일로 피곤하실 텐데도 얼마나 초롱초롱한 눈빛으로 수업을 들으시는지, 수업하는 보람은 물론이거니와 사명감까지 느끼게 된다.

배움이란 것이 이리도 즐겁고 가치 있는 일인지 경험하고 느껴 본 사람은 안다. 음성만큼 배움의 장이 넓은 곳이 또 있을까. 음성 금빛 평생학습관과 설성 평생학습관에서는 검정고시 외에도, 성인 문해 교육과 취미와 적성에 맞는 강좌가 많다. 게다가 자격증반 등의 강좌가 상·하반기에 각각 100여 개씩 열린다. 학습관에서 마주치는 그분들의 얼굴은 하나같이 밝고 즐거워 보인다. 그분들에게 배움이란 삶의 빛깔을 바꾸는 일이 아닐까.

검정고시 수업을 받는 분들에게 공부는 어렵고 고된 일이다. 왜냐하면 시험이라는 통과의례가 있기 때문이다. 시험이 가까워질수록 초조하고 두려운 마음에 걱정이 많다. 시험에 떨어지면 좌절감에 의기소침해지시기도 한다. 하지만 시간이 지나면 또 툭툭 털고 밝은 모습으로 돌아오신다. 그것은 아마도 오랜 세월 겪어 온 삶만큼이나 공부를 하고 시험을 치르는 것이 쉽지 않은 일임을 깨달았기 때문일 것이다. 진주의 탄생이 고통의 산물이듯, 공부라는 고통의 그 순간들이 지나고 나면 자신의 멋진 모습을 발견한다.

조선 후기 문신이며 실학자였던 정약용 선생님도 "지금 당장 즐거운 것보다는 공부로 고통스러운 것이 결국은 나를 기쁘게 한다."라고 말씀하셨다. 그리도 힘들고 고통스럽다는 공부를 음성 평생학습관의 어르신들은 즐기는 듯하다. 그러니 하루도 빠지지 않고 나오시는 것일 게다. 배움은 끝이 없다는 말이 있다. 하지만 쉬이 시작하기도 힘든 것이 바로 배움이다. 그럼에도 음성의 많은 어르신들이 이렇게 배움의 꽃을 활짝 피울 수 있었던 것은 음성 평생학습관의 문이 활짝 열려 있기 때문이다. 이제 보니 음성 평생학습관은 어우렁더우렁 아름다운 색으로 우거진 진정 배움의 숲이었다.

음성천은
언제나 축제

겨울의 천변은 조용하지만 쉬지 않는다. 둑에 선 나무들은 눈을 감은 채 봄이 오기만을 기다리며 묵언 수행을 시작한다. 사람과 좀 더 가까이 서 있는 키 작은 꽃나무들 또한 눈을 감고, 입과 귀를 닫은 채, 들어도 못 들은 체 알아도 모르는 체 사람들의 이야기를 가슴에 담지 않는다.

겨울바람이 매섭다. 사람들이 힘차게 팔을 저으며 걷는다. 음성 읍내의 중심을 가로지르는 물줄기, 음성을 숨 쉬게 하는 심장 음성천이다. 음성천은 많은 사람들에게 여러모로 의미가 있다. 고향을 지키는 사람에게도, 고향을 찾는 사람에게도, 두 번째 고향이 된 사람에게도 음성천은 따뜻한 안식처다. 눈이 부시게 화려한 건물도,

4. 5월, 품바가 온다

마땅히 즐길 거리도 없는 곳이지만 사람들은 음성천에서 추억을 쌓고, 우정을 나누며, 이야기를 만들어 간다. 어디 그뿐일까. 계절마다 바투 피어나는 천변의 꽃들이 사람들을 유혹하기도 하지만, 맑고 깨끗한 음성천은 물고기가 많아서인지 철새들을 불러 모으기도 한다. 봄부터 가을까지 음성천의 물낯은 작은 고기 떼가 이리저리 몰려다니며 만들어 내는 동그라미들로 어지럽다. 수심이 얕은 곳에서는 다리가 긴 왜가리, 백로, 두루미가 물속을 되작이고, 수심이 제법 깊은 곳에서는 부부의 정이 깊다는 원앙새 부부와 새끼들을 동반한 청둥오리들이 사냥하기 바쁘다. 그리고 가끔 운이 좋으면 음성천 하류의 돌다리 부근에서 수달 부부를 만나는 행운도 맛본다.

음성천은 계절에 따라 낯빛이 다르다. 봄이면 초록 생명들로 생기가 돌기 시작하면서 산란을 하려는 물고기들이 바삐 움직인다. 여름이면 천변은 꽃들이 만발이다. 덕분에 사람들 눈이 호사다. 물속에서는 수를 헤아릴 수 없을 정도의 새끼 물고기들이 다글다글 떼를 지어 헤엄친다. 그리고 가을, 천변을 물들였던 꽃들은 서서히 씨앗을 옹글게 만든다. 겨울의 천변은 조용하지만 쉬지 않는다. 둑에 선 나무들은 눈을 감은 채 봄이 오기만을 기다리며 묵언 수행을 시작한다. 사람과 좀 더 가까이 서 있는 키 작은 꽃나무들 또한 눈을 감고, 입과 귀를 닫은 채, 들어도 못 들은 체 알아도 모르는 체 사람들의 이야기를 가슴에 담지 않는다.

그렇게 모두가 잠든 듯 고요한 겨울이 되면 비로소 날짐승들의 계절이다. 추위도 음성천은 얼지 않는다. 그러니 새들도 먹이를 찾아, 이곳 천변으로 날아드는 것일 게다. 산책을 하다 혹은 운동을 하다 물 위에 앉아 노니는 겨울 철새를 보는 것은 또 다른 재미다. 한참을 우두커니 서서 새들의 자맥질을 구경한다. 혹여나 물고기를 입에 물고 나온 새들을 보기라도 하면 기특하다는 생각에 속으로 박수를 쳐 준다.

음성천은 '품바 축제'가 열리는 곳이기도 하다. 설성공원과 잇닿아 있어 음성천도 축제의 장이 된다. 그중 음성천의 지하통로인 복개천에서는 추억의 거리가 열리는데 그곳은 축제 기간 내내 사람들의 발길로 복작인다. 그곳에 가면 학창시절 꿈 많던 새침데기 여학생과 장난꾸러기 남학생을 모두 만난다. 며칠간의 축제는 사람도 꽃도 음성천도 달뜨게 만든다. 그렇게 축제에 취해 돌아간 사람들은 음성천을 잊지 못해 다시 찾아오고야 만다.

그러고 보면 음성천은 이곳을 터전으로 살아가는 사람들이나 숨탄것들, 초록 식물들에게 있어 소중한 생명점인 셈이다. 어디 그뿐일까. 이 작은 도시에 활기를 불어넣는 것 또한 음성천의 물줄기다. 하기야 예부터 사람들은 물줄기가 있는 곳에 모여 살지 않았던가. 물은 생명의 시작이자 생명의 영속을 지켜 주는 것이니, 음성천이야말로 음성의 역사를 길이길이 이어 주고 빛내 줄 젖줄이자 생명줄이라 함이 마땅하다.

추위가 아무리 매섭다 한들 음성천의 물줄기는 오늘도 힘차게 흘러간다. 음성의 이야기도 역사가 되어 언제나 함께 흐르리라.

한내에서 울려 퍼진
'대한 독립 만세'

확성기에서는 그날의 일들을 들려주는 중간중간 "대한 독립 만세!"라는 말을 외치곤 했는데 그때마다 뒤따르던 사람들도 "대한 독립 만세! 만세! 만세!"를 외쳤다. 그 소리가 얼마나 우렁찬지 가슴이 벅차올랐다. 나도 모르게 함께 외치며 긴 행렬을 따라다녔다.

시나브로 봄이 흐른다. 쏟아지는 햇살에 눈이 부실 지경이다. 그동안 벼르던 일을 실행하기 위해 나섰다. 음성 소이면 한내에서 진행되는 3·1 만세 운동 재현 행사다. 한번은 가 봐야지 하면서도 차일피일 미루다 오늘에서야 작정을 하고 나선 길이다. 오전 10시부터 진행되는 행사 시간에 맞춰 부지런히 왔는데도 읍내의 길 양쪽으로 벌써 차들이 즐비하다. 할 수 없이 차를 멀찌감치 세우고 행사장까지 걷기로 했다.

한내는 1960년대까지만 해도 꽤 큰 장터였다고 한다. 하지만 지금은 장도 열리지 않고 그저 소이를 지나다니는 차로의 역할만 하는 곳이다. 그래서일까. 세월이 많이 흘렀음에도 현대식 건물이 그리 많지 않고, 오래되고 낡은 집들이 많다. 허름한 집들을 보니 초등학생이었을 때가 생각이 난다. 한내에서 멀지 않은 중동 2리에 이모님 댁이 있었다. 우리 어머니 바로 아래 동생이었던 이모님은 부치는 땅이 수월찮이 있어 살림이 애옥한 우리 집과는 비교가 되지 않을 만큼 넉넉했다. 그래서인지 방학 때가 되면 이모님 댁에서 한참을 지냈다. 지금이야 동네마다 시내버스가 다니지만 그때만 해도 한내에서 내려 걸어 들어가야만 했다. 그때는 지금과 달리 울퉁불퉁하고 좁은 비포장길이었다. 이모님 댁을 가다 보면 중간쯤이 방앗간이다. 그곳은 언제나 아낙들로 북적였다. 워낙에 자주 가다 보니 반겨 주는 동네 사람들도 있었다.

초등학생이었던 시절, 한내는 나를 설레게 했다. 천천히 걷다 보니 그때가 떠올라 저절로 가슴이 따뜻하다. 오래된 벽에는 흰 저고리에 까만 치마를 입은 소녀와 흰 두루마기를 입은 남정네들이 태극기를 들고 만세를 부르는 벽화가 그려졌다. 태극기와 무궁화도 곳곳에 그려 놓은 것으로 보아, 이곳이 만세 운동이 있었던 역사의 장소라는 것을 알려 주는 듯했다. 또 '한내다방' 간판이 있는 낡은 건물 벽에는 조선시대의 풍속화도 있어 마치 옛날로 돌아간 듯 착

4. 5월, 품바가 온다

각을 불러일으켰다. 그렇게 능놀며 걷다 보니 어느새 행사장이다. 만세 기념 공원에서 진행된 기념식이 끝났는지 흰 두루마기를 입은 사람들이 큰길로 내려선다. 뒤이어 확성기가 달린 트럭 뒤로 군수님과 의원님들, 그 외에 지역 유지들과 함께 많은 사람들이 만세 운동 재현을 위해 열을 맞춰 섰다. 나도 작은 태극기를 얻어 사람들 뒤로 갔다. 확성기에서는 1919년 3·1 운동에 대한 이야기가 흘러 나오고 있었는데 마치 현장에 있는 듯 나라를 잃은 설움에 울먹이는 목소리였다.

한내 장터 독립 만세 운동은 1919년 3·1 운동이 전국적으로 일어나고 한 달 후인 4월 1일에 시작되었다. 마침 그날은 한내 장날이었기에 많은 사람들이 참여했다. 그때만 해도 한내는 충주와 괴산을 이어 주는 교통의 요충지로 많은 사람들이 이용했던 곳이었기에 수백 명의 사람들이 만세 운동에 함께했다. 그날 한내 장터에서는 김을경, 이중곤, 권재학, 추성열, 이교필, 이용호 등의 열사가 독립 만세 운동을 주도하였다. 그날 한내에서 일어났던 독립 만세 운동으로 많은 사상자가 발생했다. 확성기에서는 그날의 일들을 들려주는 중간중간 "대한 독립 만세!"라는 말을 외치곤 했는데 그때마다 뒤따르던 사람들도 "대한 독립 만세! 만세! 만세!"를 외쳤다. 그 소리가 얼마나 우렁찬지 가슴이 벅차올랐다. 나도 모르게 함께 외치며 긴 행렬을 따라다녔다.

그날 행렬을 뒤따르며 만세를 외쳤던 그 가슴 벅찬 순간을 오래도록 잊지 못할 듯싶다. 지금 우리가 누리는 이 자유를 헛되지 않기

159

위해서는 선열들이 피 흘리며 지켜 낸 뜻을 잊지 말아야 한다. "역사를 잊은 민족에게 결코 미래는 없다."라고 말씀하신 단재 신채호 선생의 말씀을 다시금 가슴속 깊이 새긴다. 역사를 바로잡는 일보다 더 중차대한 일은 없을 것이므로.

인정의 사랑방,
새마을금고

예전의 우리 어머니들은 금리보다는 자신을 맞아 주는
직원들의 인정을 보고 은행을 선택하는 경우가 더 많았
다. 힘들고 어려웠던 시절, 인정이야말로 서로를 보듬어
주고 위안을 주는 최고의 선물이었다.

문턱이 이리 낮을 수가 없다. 우리 어머니는 살아생전 읍내에 나
오는 날이면 꼭 그곳을 먼저 들르고 우리 집으로 오셨다. 날품팔이
로 적은 돈이 생기면 으레 그곳에 맡겨야 안심이 되었던 모양이다.
어찌 보면 자식들보다 그곳이 더 편안하고 좋았던 듯하다. 그래서
장날은 물론이고 무시로 그곳에 들러 차를 마시거나 이야기보따리
를 풀어놓으셨다. 그런 어머니가 귀찮을 법도 한데 언제나 싫은 내

161

색 없이 어머니를 반겨 주던 곳이었다.

'새마을금고', 음성 사람들에게는 사랑방이 되어 주는 작은 은행이다. 음성 읍내에는 '음성 새마을금고'와 '비석 새마을금고'가 있다. 두 곳 모두 음성 사람들에게 사랑을 받는 은행이다. 물론 각자 은행을 선택할 때는 어떤 곳의 금리가 더 좋은가를 따져 가기 마련이다. 하지만 예전의 우리 어머니들은 금리보다는 자신을 맞아 주는 직원들의 인정을 보고 은행을 선택하는 경우가 더 많았다. 힘들고 어려웠던 시절, 인정이야말로 서로를 보듬어 주고 위안을 주는 최고의 선물이었다.

그럼에도 친정어머니와 시어머님이 다니시던 새마을금고는 서로 다른 곳이었다. 친정어머니가 이용했던 은행은 음성 새마을금고였고 시어머님은 비석 새마을금고였다. 두 분이 이리도 다른 선택을 한 데는 그만한 이유가 있다. 비석 새마을금고는 사실 음성과 거리가 있는 소이면 비산리에서 시작이 됐다. 그러니 음성 읍내의 은행을 이용했던 친정어머니로서는 음성 새마을금고를 사랑방으로 만드셨던 듯하다. 반면 시어머님이 산골이었던 초천리 구례골에서 음성 시내로 이사를 나오신 것은 비석 새마을금고가 음성 읍내로 이전을 하고 난 이후였다. 더구나 시어머님이 지내시던 주공 아파트는 비석 새마을금고와 지척이었다.

두 분의 경제적 수준도 차이가 많았다. 그러니 은행에 예금을 하는 방법도 다를 수밖에 없다. 친정집은 땅 한 뙈기 없는 궁핍한 살림이었다. 그러니 친정 부모님은 남의 집 일로 살림을 꾸려 나가야 했다. 친정어머니는 그렇게 품앗이로 돈이 생기면 그 돈을 맡기기 위해 은행 문이 열리는 시간에 맞춰 아침 일찍 나오셨다. 그야말로 푼돈이었다. 그렇게 차곡차곡 모은 푼돈이 목돈이 되면 미련 없이 어려운 자식들에게 나눠 주셨다. 우리 언니가 반백의 나이로 서울의 고등학교에서 졸업을 하던 날이었다. 어머니는 새마을금고에서 100만 원을 찾아다 바지 속곳 주머니에 넣으시고는 잃어버리실까 꿰매 서울행 버스를 타셨다. 식당에 나란히 앉은 어머니와 언니가 책상 밑에서 돈을 받아라, 못 받아요 하며 옥신각신하던 모습이 아직도 눈에 선하다. 나도 우리 아이들이 어릴 때 친정어머니께 도움을 받았다. 수시로 우리 집에 오시던 어머니였으니 세 아이를 키우며 어려워하는 것을 보셨던 모양이다. 그날도 아이들을 학교에 보내고 정신없이 집안일을 하던 차였다. 어머니가 불쑥 현관문을 열고 들어오셔서는 거실에 있던 의자에 앉으셨다. 그런데 어머니가 가시고 난 후 의자 방석 밑에 까만 비닐봉지가 보였다. 들춰 보니 그 안에 100만 원이 들어 있었다. 봉지를 들고 뛰어나가니 어느새 어머니는 저 멀리 골목 모퉁이를 돌고 계셨다. 내가 봉지를 흔들며 소리를 지르자 어머니는 손을 흔들며 잰걸음으로 더 빠르게 골목을 빠져나가셨다. 자식 바보였던 어머니는 언제나 당신보다 우리가 먼저였다.

친정어머니가 입출금이 자유로운 보통예금을 이용했다면 시어머님은 일정 기간 맡길 수 있고 이율이 높은 정기예탁금을 선호하셨다. 시어머님은 알뜰살뜰 돈 모으는 것을 좋아하셨다. 은행에 돈

163

이 있어도 여간해서는 찾지 않는 분이셨다. 젊어서는 아버님과 함께 농사를 크게 지으셨고, 아버님이 돌아가시고는 서울에서 직장을 다니셨으니 목돈이 꽤 생기셨을 것이다. 그러니 은행에 예금을 하는 단위가 우리 친정어머니와는 차이가 많았다. 시어머님은 오로지 '비석 새마을금고'에만 돈을 맡기셨다. 얼마나 그곳을 좋아하고 믿으셨는지 짐작이 가고도 남는다. 명절 때마다 그곳에서 나오는 선물을 우리에게 주시고 행복해하시던 시어머님의 모습을 잊을 수가 없다.

지금은 친정어머니도 시어머님도 이 세상에 계시지 않는다. 그렇게 두 어머님에게 믿음이 되어 주고 사랑방이 되어 주었던 '새마을금고'가 이제는 나에게도 즐거움을 준다. 두 곳의 새마을금고에는 예금 통장은 물론이고 산악회 회원으로도 등록이 되었다. 물론 시간이 맞지 않아 한 번도 산악회 활동은 못 했지만 그래도 언젠가는 갈 수 있다는 희망에 즐겁기만 하다. 크지는 않지만 사람 냄새 나는 인정의 '새마을금고'가 음성 사람들에게 사랑방이 되어 주니 고마울 뿐이다.

비 오는 날의
봉학골

느릿느릿 걷는 중이다. 비 오는 숲은 적막하기만 하다. 그리도 뾰족하던 소나무와 잣나무가 오늘만큼은 순한 모습으로 다소곳하다. 지난겨울 잎을 모두 떨군 느티나무와 참나무, 오동나무 등은 온몸으로 물을 받느라 바빠 보였다. 어쩌면 조용하지만 봄을 맞느라 제일 분주한 것은 숲의 생명들이란 생각이 든다.

봄비가 내리는 아침, 마음이 부산해졌다. 뜨거운 커피와 물을 보온병에 담고 컵라면도 챙겼다. 그리고 지인에게 전화를 걸자, 기다렸다는 듯 반갑게 받는다. 비가 오는 날이면 우리는 이렇게 마음이 동한다. 누군가는 참 청승맞다고도 하지만 비가 오는 날이라야 느낄 수 있는 순간을 놓칠 수는 없다. 겨울 동안에는 엄두도 내지 못했다. 봄이 오길 얼마나 기다렸는지 모른다.

비는 밤부터 내렸다. 오늘은 비가 억세게 쏟아지지도 않고, 적당하게 내린다. 이런 날 빗속에서 만나는 숲의 정취는 남다르다. 봉학골로 들어서는 어귀에 용산 저수지가 스쳐 지나간다. 비 오는 것을 좋아하는 것은 우리뿐이 아닌가 보다. 저수지 물 위로 청둥오리들이 무리를 지어 노닌다. 주차장에는 승용차들도 없다. 이렇게 비가 오는 날 산책을 하려는 사람은 드물 것이다. 그런데 주차장도 아닌 산책로를 향하는 한쪽 길에 빨간색 관광차가 보인다. 아마도 어느 회사에서 봄놀이를 온 모양이다. 대부분 등산복을 입은 것을 보니 등산을 위해 온 듯했다. 그런데 비가 오니 등산은 포기했는지 평상 옆에 천막을 치고 음식을 먹으며 즐기는 중이다.

우리는 산책로가 시작되는 넓은 공터의 지붕이 있는 평상에 자리를 잡았다. 비가 오니 파카를 입었는데도 선득하다. 우선 요기를 하고 숲을 걷기로 했다. 컵라면에 뜨거운 물을 부어도 라면 국물은 뜨겁지 않고 따뜻할 뿐이다. 적당한 온도란 이런 걸 말하는지도 모르겠다. 이렇게 겨울이 끝나 가는 날, 비가 오는 숲에서 라면을 먹어 본 사람만이 알 수 있는 맛과 온도다. 두 손으로 컵라면을 감싸니 마음까지도 따뜻해지는 기분이다. 사람과 사람의 관계도 이렇게 적당하게 따뜻하면 얼마나 좋을까. 우리가 자리 잡은 평상 근처에 화장실이 있어서일까. 원색의 등산복을 입은 사람들이 우리를 힐끔거리며 지나간다. 빗속에서 짜금거리며 라면을 먹고 커피를 마시는 중에도 재잘대는 우리가 이상해 보였나 보다.

속도 든든하게 채웠으니 이제 우산을 받쳐 들고 산책로를 걷기 시작했다. 관리실의 왼쪽 덱 길로 택했다. 느릿느릿 걷는 중이다. 비 오는 숲은 적막하기만 하다. 새들도, 바람도 잠이 든 듯 고요하다. 다만 우산 위로 떨어지는 빗소리만이 요란하다. 그 소리에 대화를 해도 잘 들리지 않아 각자 조용히 걸었다. 그리도 뾰족하던 소나무와 잣나무가 오늘만큼은 순한 모습으로 다소곳하다. 지난겨울 잎을 모두 떨군 느티나무와 참나무, 오동나무 등은 온몸으로 물을 받느라 바빠 보였다. 어쩌면 조용하지만 봄을 맞느라 제일 분주한 것은 숲의 생명들이란 생각이 든다.

사방댐 부근에 다다르니 어느새 비는 잦아들었다. 단단하기만 하던 철다리도 비에 흠뻑 젖으니 야들야들한 느낌이다. 하지만 이런 모습에 유혹당하면 안 된다. 발을 잘못 디뎠다가는 낭패를 본다. 이제 하산 길로 접어들었다. 단풍나무와 소나무가 즐비한 길이다. 야자매트길 위로 몇 해 동안 소나무가 떨군 잎들이 빼곡하다. 머지않아 화려하게 피어날 야생화 식물원을 지나는 중이다. 지금은 침묵의 정원이다. 물론 오늘같이 비가 오는 날이면 땅 밑은 소란스러울 테지만 말이다. 자연 학습관을 지나 잔디 광장을 지날 때쯤 비가 그쳤다. 주차장에 도착해 보니 어느새 봄나들이를 온 사람들도 관광버스도 온데간데없다. 그 사람들은 어떤 느낌으로 봉학골을 기억할까. 숲길을 걸었으면 더 좋았을 텐데 하는 안타까움이 일었다. 하지만, 봉학골은 어떻게 즐기든 다시 오고 싶게 만드는 치유의 숲이니 분명 또다시 찾게 되리라.

봉학골이 요즘 변신 중이다. 지금은 한창 공사 중에 있지만 머지 않아, 봉학골 입구 우측으로 지방 정원과 레포츠 단지가 들어설 예정이다. 이제 봉학골은 쑥부쟁이 둘레길과 더불어 산림욕장, 벚꽃이 만발한 임도길, 또 다른 명소가 될 지방 정원과 레포츠 단지로 사람들의 발길이 끊이지 않게 될 것이다. 작은 도시에 이렇듯 아름다운 치유의 숲이 있다니 음성은 분명 축복의 땅이 분명하다.

상상하는 대로

뜨거운 태양이 이글대는 한여름이 오면 음성의 농부들은 고추밭에서, 사과밭에서, 복숭아밭에서, 인삼밭에서, 수박밭에서, 멜론밭에서, 논에서, 화훼하우스에서 온몸을 불사르며 정성을 다해 자식을 기르듯 농작물을 키운다. 그렇게 키워 낸 농작물이 그들에게는 멋진 작품, '명작'이다.

이곳보다 하루해가 짧은 곳이 또 있을까? 음성은 소도시로 농업이 주 소득원이다. 그러니 봄부터 가을까지 이곳 사람들은 부지런히 움직여야 한다. 농한기인 겨울에도 이곳은 바쁘다. 음성군에서는 군민들의 삶의 질을 향상시키기 위해 여러 가지 정책을 펼치는

169

중이다. 농사를 짓느라 힘드실 텐데도 여러 기관에서 마련하고 있는 프로그램에 참여하는 분들이 많다. 음성이 활기찬 이유가 바로 거기에 있다. 그 때문일까. 이곳은 축제가 많이 열린다. 축제장은 사람들의 열정을 알 수 있는 바로미터, 군민들의 적극적인 참여와 도움 없이는 축제를 치를 수가 없는 이유이기도 하다.

4월은 음성의 축제가 시작되는 달이다. 반기문 마라톤이 제일 먼저 포문을 연다. 반기문 UN 사무총장 선출을 기념하며 열린 마라톤 대회는 올해로 벌써 17회를 맞았다. 전국의 마라토너들뿐 아니라, 음성 군민들이 적극적으로 참가하여 그 열기가 뜨겁다. 올해는 나도 마음먹고 참가를 했다. 제일 짧은 거리였다. 외국인과 노인들, 어린 학생들도 함께 걸었다. 유모차에 아기를 태운 채 걷는 젊은 부부도 보였다. 빠르지 않으면 어떠랴. 처음 만난 사람들이지만 인사도 나누고, 서로 격려도 해 주었다. 그야말로 화합의 장이었다. 무리에 섞여 함께 뛰다가 걷다가를 하며 완주의 메달을 당당히 목에 걸었다. 물론 전문 마라토너들에게는 우수한 등수가 목표겠지만, 많은 사람들에게 반기문 마라톤은 그저 신나고 즐거운 축제일뿐이다. 그리고 5월이 되면 전국 품바 축제가 뒤를 잇는다. 나눔과 사랑을 실천한 거지 성자 최귀동 할아버지의 숭고한 뜻을 기리기 위한 축제다. 그러니 행사장은 너와 내가 따로 없고, 내 것 네 것이 따로 없는 베푸는 축제다.

그렇게 열정의 축제로 음성의 봄은 지나간다. 뜨거운 태양이 이글대는 한여름이 오면 음성의 농부들은 고추밭에서, 사과밭에서,

복숭아밭에서, 인삼밭에서, 수박밭에서, 멜론밭에서, 논에서, 화훼하우스에서 온몸을 불사르며 정성을 다해 자식을 기르듯 농작물을 키운다. 그렇게 키워 낸 농작물이 그들에게는 멋진 작품, '명작'이다. 그렇게 자식같이 기른 '명작'으로 9월에는 농부들의 축제 '명작페스티벌'이 열린다. '명작페스티벌' 행사장은 전국에서 구경 온 사람들로 인산인해다. 그들은 땀방울의 결실인 명작을 구경하고 구매해 가기 바쁘다.

10월은 가을이 무르녹는 계절, 농부들에게는 더없이 바쁜 달이지만 수확의 기쁨을 함께 나누는 달이기도 하다. 음성의 옛 지명은 '설성'이다. '설성'은 고려 때의 옛 지명이라고 한다. 눈이 얼마나 많이 왔으면 그리 이름을 지었을까. 설성문화제, 이름에서 알 수 있듯 음성의 문화유산을 널리 알리고 계승하기 위한 문화예술제인 셈이다. 올해로 42회를 맞은 설성문화제는 그 명성에 맞게 줄광대 놀음, 염계달 명창 기념 판소리 잔치, 전통혼례 행사로 사람들의 많은 관심을 받은 축제였다. 또한 군민 체육대회도 열어 아홉 개 읍면의 주민들이 역량을 겨루며 화합을 보여 주었다. 그러고 보면 음성 사람들처럼 열정이 넘치고 흥과 정이 많은 사람들은 어디에도 없을 듯하다. 작은 도시지만 이리도 많은 축제와 배움이 넘쳐 나니 말이다.

내일은 음성 장날이다. 내가 5일장을 기다리는 것은, 그리운 사람들을 볼 수 있기 때문일 게다. 돌아가신 우리 어머니를 닮은 주름이 자글자글한 분도 만나고, 중절모를 쓰신 우리 아버지와 닮은 분도 만날 수 있다. 장터 중간쯤에 위치한 천막 국밥집에 가면 막걸리 한

171

잔에 국밥을 안주 삼아 먹고 있을 여들없는 작은오빠를 닮은 사람도 있다. 장에 가면, 음성 5일장에 가면 지금은 볼 수 없는 부모님과 오빠를 닮은 그립고 정겨운 사람들을 만날 수 있다. 음성은 서로를 닮아 정이 깊고 온기가 가득한 사람들이 그렇게 살아가는 곳이다.

5.

흐느실, 외갓집 가는 길

숲거리,
음성역

그날은 비가 온 끝이라 그랬을까. 이상하게도 기차역에
가득 찬 안개 때문에 분위기가 스산했다. 늦가을이라 그
랬는지 춥기도 했고, 무섭기도 했다. 저 멀리 '뿌우' 소리
가 들려오자 어머니의 얼굴이 얼마나 환해지던지, 천천
히 멈추는 기차를 향해 나도 덩달아 목을 길게 빼고 오
빠를 찾기 바빴다.

  아궁이 앞에 앉은 어머니의 눈은 연신 가마솥을 살피느라 여념이
없으시다. 아니, 물을 끓이는 가마솥과 밥을 안친 가마솥 사이에 있
는 오빠의 운동화를 지키고 있다고 하는 게 맞겠다. 첫 기차를 타고
학교에 가는 큰아들의 발이 얼까 어머니는 새벽이면 부뚜막에 오

176

빠의 신발을 올려놓았다. 그뿐이 아니었다. 오빠는 증평에 있는 공고를 다녔는데 언제나 기차역까지 따라가 배웅을 하셨다. 또한 학교에서 돌아오는 시간이면 기차역에서 오빠를 기다리셨다. 깜깜한 밤 혼자 걷는 길이 무서울까 싶어 논둑길도 마다 않고 그렇게 마중을 나가셨다. 그때마다 어머니는 가슴팍에 사과 한 알을 품고 계셨다. 큰오빠는 사과를 무척이나 좋아했다. '와삭, 와삭' 사과를 베어 먹는 아들의 모습을 보며 얼마나 뿌듯하셨을까.

지금은 음성역이 시내에서 떨어진 외곽의 평곡리에 있지만, 예전에는 숲거리라고 불리던 오성동에 있었다. 지금의 음성경찰서 자리다. 음성읍지(陰城邑誌)에는 음성역이 숲거리에 들어선 일화가 실렸다. 음성역이 들어선 것은 일제 강점기인 1928년 12월이었다. 당시 우리나라 사람들은 대개 기차역이 마을 가까이에 들어서는 것을 꺼려 했다고 한다. 산맥을 끊어 지덕(地德)이 손상되고 인물이 나지 않으며, 또한 왜놈이 쉽게 들어올 것이며, 철로 주변에 살면 화를 입을 것이며, 조상의 묘가 파여 집안이 망할 것이라는 이유에서였다. 조선철도주식회사는 음성역 또한 외곽의 직선 공사로 계획했다고 한다. 하지만 음성의 유지들이 지역의 발전은 물론이고 사람들이 이용하기 편리하도록 역사 이전 운동을 벌인 것이다. 이 소식을 들은 조선철도주식회사는 두 군데의 철교를 놓아야 하는 큰 공사였음에도 흔쾌히 음성 사람들의 뜻을 받아 주었고, 그렇게 음성역이 시내인 숲거리에 들어서게 된 것이라고 한다. 숲거리에 자리했던 음성역이 평곡리로 이전을 한 것은 1980년이었다.

음성을 지나가는 기차는 충북선으로 사람을 태우는 열차보다 화물열차가 많아 복선화되면서 좀 더 넓은 역사가 들어설 수 있는 평곡리로 옮기게 된 것이다.

오빠가 증평으로 고등학교를 다니던 때는 1970년대였으니 기차역이 오성동 숲거리에 있던 때였다. 어느 날엔가 어머니를 따라 작은 기차역에서 오빠를 마중했던 때가 있었다. 오빠를 기다리는 어머니의 모습이 얼마나 아련하던지 철모르던 그때 오빠가 한없이 부럽기만 했다. 그날은 비가 온 끝이라 그랬을까. 이상하게도 기차역에 가득 찬 안개 때문에 분위기가 스산했다. 늦가을이라 그랬는지 춥기도 했고, 무섭기도 했다. 저 멀리 '뿌우' 소리가 들려오자 어머니의 얼굴이 얼마나 환해지던지, 천천히 멈추는 기차를 향해 나도 덩달아 목을 길게 빼고 오빠를 찾기 바빴다. 그때 우리 집은 동네에서 외떨어진 산 너머 과수원집이었다. 오빠가 남자이긴 했지만 고등학생이었으니 혼자 깜깜한 밤에 논둑길을 걸어 산을 넘어오는 일이 쉽지는 않았을 것이다. 온종일 품팔이를 하고도 고단한 몸을 이끌고 기차역으로 아들을 마중 나가시던 어머니의 모습이 지금도 아삼아삼하다.

오빠가 당신에게 어떤 존재였는지 어머니는 치매에 걸리고 나서야 우리에게 보여 주셨다. 어머니는 언니와 나를 딸이 아닌, 개울 건너 아주머니와 고마운 아주머니로 바꿔 놓으셨다. 하지만 숨이 멎는 그 순간까지도 오빠만큼은 여전히 당신의 아들로 가슴에 품고 떠나셨다.

5. 흐느실, 외갓집 가는 길

가끔씩 찾는 음성역, 그곳에 가면 어김없이 사과 한 알을 가슴에 품고 아들을 기다리시던 어머니가 생각나 마음이 아리다. 요양원 창가에 앉아 주름진 이마가 까맣게 타도록 하루 종일 아들만 기다리시던 어머니. 오늘처럼 캄캄한 밤이면 어머니가 더 그리워지는 건 왜일까.

수봉과 남신의
경계점

그때만 해도 시골 아이들에게 무덤은 그리 낯선 것이 아니었다. 오히려 일종의 놀이터였다. 가끔 남자애들이 사람의 뼈를 주워서 놀았다는 소리도 들었으나 그것이 사실인지는 눈으로 보지 못했으니 알 길이 없다.

음성 읍내에 사는 초등학생들에게 음성천은 경계점이다. 예전에도 그랬고 지금도 그렇다. 읍내의 초등학교는 두 군데다. 수봉초등학교와 남신초등학교다. 음성 시내 중앙을 가로지르는 음성천을 경계로 입학할 초등학교가 정해진다. 문화동, 교동, 한벌리, 용산리의 주소지 학생은 수봉초등학교로 배정되었고 남천동, 오성동, 신천리, 소여리의 주소지 학생은 남신초등학교로 배정되었다. 지금은

5. 흐느실, 외갓집 가는 길

읍내리로 통일되어 불리지만 예전에는 읍내가 동으로 나뉘어 불렸다. 이제는 학업의 평준화로 그런 일이 없지만 한때는 긴 역사와 전통을 자랑하는 수봉초등학교로 아이를 진학시키기 위해 주소를 옮긴다는 학부모들이 많았다.

내가 초등학교에 다닐 때만 해도 두 초등학교의 남학생들은 만나면 주먹다짐을 하는 게 허다했다. 여학생들도 크게 다르지 않았다. 주먹다짐까지는 아니었지만 거리에서 만나면 은근히 견제를 했고, 상대 학교에 대해 비하하는 건 다반사였다. 두 학교 학생들은 나름대로 자신들의 학교에 대해 대단한 자부심을 가졌다. 수봉초등학교는 1911년 일제 강점기에 설립되었다. 학교 건물이 웅장한 만큼 운동장 또한 넓었다. 그에 반해 남신초등학교는 1968년에 설립된 신생 학교였다. 학교 건물도 수봉초등학교에 비해 작았고 운동장도 그리 넓지 않았다. 학생 수로 따지면 두 학교 모두 학년별 4학급 정도로 비등했지만 왠지 수봉초등학교 학생 수가 더 많다고 착각을 했던 듯하다. 학교의 역사를 따지면 할 말이 없었지만 남신초등학교의 학생들은 실력을 앞세워 독립투사라도 되는 양 수봉초등학교에 맞서 싸우려 했다. 사실 어느 학교 학생들의 학업 실력이 더 좋은지는 알 수 없었다.

우리 집은 남신초등학교와 지척에 있었기에 자연히 그 학교로 배정되었다. 남신초등학교에 대한 무서운 소문은 그때도 무성했다. 공동묘지를 밀고 들어선 학교라 공사를 하면서 사람의 뼈가 수없이 발견되었다고 한다. 실제로 그때 학교 앞쪽으로 나 있던 길로 하교를 하다 보면 언덕이 나왔는데 그곳에서 여러 개의 무덤들을 만났다. 유난히 그곳에 볕이 잘 들었기 때문에 나와 친구들은 겨울이면 바람이 들지 않는 양달에 모여 앉아 놀았다. 그때만 해도 시골 아이들에게 무덤은 그리 낯선 것이 아니었다. 오히려 일종의 놀이터였다. 가끔 남자애들이 사람의 뼈를 주워서 놀았다는 소리도 들었으나 그것이 사실인지는 눈으로 보지 못했으니 알 길이 없다.

남신초등학교가 자리한 위치는 옛 지명으로는 여수골이다. 여우가 많이 나온다 하여 붙여진 이름이다. 교가에도 "여수골 언덕 위에 우뚝이 서서 성안을 굽어보는 장한 그 모습"이라는 노랫말이 나온다. 그래서인지 화장실에 대한 괴담도 많았다. 물론 어느 학교나 무서운 괴담은 하나쯤 있었겠지만 우리 학교는 장소가 그래서인지 유난히 그 수위가 높았다. 어둑해질 무렵은 물론이고 낮에도 화장실에 혼자 가는 것이 쉽지 않았다. 지금은 모든 학교가 건물 안에 화장실이 있지만 당시에는 건물과 떨어진 곳에 있는 재래식 화장실을 사용했다. 갑자기 볼일을 보다 밑에서 무서운 것이라도 나올까 하는 생각에 두 눈을 질끈 감고 볼일을 보았다. 지금 생각해 보면 저절로 실소가 지어진다.

수봉과 남신의 학생들은 중학교 진학 후에도 견고틀기를 이어 갔다. 서로에 대한 견제는 입학 후 치러지는 1학년 반장 선거에서 두드러진다. 반장 후보들은 대개가 읍내의 두 초등학교 출신의 학생들이었다. 서로 자신들의 출신 학교 후보를 당선시키기 위해 면 소재지의 학생들을 포섭하느라 바빴다. 자존심이 걸린 승부였다. 하지만 중학교 생활이 시나브로 익숙해지고 무르녹을 때면 어느 초등학교 출신인지는 까마득하게 잊히고 만다. 졸업할 무렵이면 더 이상 초등학교 시절의 그림자는 볼 수 없다. 나와 제일 친한 친구도 수봉초등학교 출신이다. 그 친구는 시장통에서 가게를 한다. 시장에 가면 들르고, 따뜻한 정이 그리우면 만나는 그 친구와 나는 어쩌면 형제자매보다 더 속정이 깊다.

고추바람이 분다. 바람이 갈앉고 추위가 수그러들면 친구와 음성천으로 나가야겠다. 그곳에 가면 우리의 이야기는 언제나 노래가 되어 흐른다. 이번에도 우리는 두 곳의 물줄기가 합쳐진다는 합수머리에서 하나가 되어 되돌아오겠지?

장미꽃집에 대한
오해

어서 빨리 지나가길 바라며 이불을 뒤집어쓰고 상여꾼들의 노래를 듣지 않기 위해 무진 애를 썼다. 어린 시절에는 죽음이라는 말이 왜 그리 무서웠을까. 그 뒤로도 가끔 꽃상여는 마을 아저씨들이 불러 주는 만가를 싣고 큰골이나 웃골을 향해 올라가 사라졌다.

지금이야 그 집이 그런 집인 줄 알지만 그때는 까마득히 몰랐다. 30년 전쯤이었을까? 정말 향기 나는 꽃들이 만발한 꽃집인 줄 알았다. 그러니 그 집 앞을 무던히도 잘 지나다녔을 게다. 그러던 어느 날 서울에 가기 위해 터미널로 향하던 길이었다. 장미꽃집은 터미널 뒷골목에 있어, 그 집 앞을 지나야 했다. 대개 문이 닫혀 있었는데 그날따라 출입문이 활짝 열려 있었다. 차 시간을 맞추기 위해 잰걸음으로 걷다 무심결에 가게 안을 보게 되었다. 아, 화려한 꽃상여 하나가 누군가를 기다리는 듯 수굿이 앉아 있는 것이 아닌가. 꽃상여를 이리 가까이서 보다니 가슴이 두방망이질했다.

어린 시절 우리 동네 어귀에는 상여 움막이 있었다. 동네 사람이 죽으면 공동으로 사용하던 상여를 보관하던 곳이었다. 동네로 들어오거나 나갈 때 꼭 지나야 하는 길목이었기에 동네 꼬마들은 그곳을 지날 때면 눈을 질끈 감고 걸음을 빨리하거나 뛰곤 했다. 그곳으로 눈길을 돌리기라도 하면 귀신을 볼까 무서워 그랬을 것이다. 더구나 꽃상여는 멀찍이서 들려오는 요령 소리만으로도 공포심을 주기에 충분했다. 어느 해인가. 친하게 지내던 친구의 할아버지가 돌아가셨다는 소리를 부모님께 듣게 되었다. 며칠 후 꽃상여가 우리 집을 지나가게 되었다는 소리에 아침 내내 두려움에 떨었다. 요령잡이 최 씨 아저씨가 요령을 흔들며 부르는 선창에 맞추어 상여꾼들이 구슬픈 만가를 부르며 우리 집을 지나갔다.

"이제 가면 언제 오나."

"어허, 디여."

어서 빨리 지나가길 바라며 이불을 뒤집어쓰고 상여꾼들의 노래를 듣지 않기 위해 무진 애를 썼다. 어린 시절에는 죽음이라는 말이 왜 그리 무서웠을까. 그 뒤로도 가끔 꽃상여는 마을 아저씨들이 불러 주는 만가를 함께 싣고 큰골이나 웃골을 향해 올라가 사라졌다.

그렇게도 무섭고 두려웠던 상여가 눈앞에 있다니…. 그런데 어느

185

덧 아이를 낳고 세월의 풍파를 겪은 나이가 되어서일까. 예전의 무섭기만 하던 꽃상여가 아니었다. 상여에 핀 종이꽃들이 아름답다는 생각까지 들었다. 장미꽃집 주인 부부가 손끝으로 빚어낸 작품이었다. 한참을 그렇게 우두망찰 서 있다 터미널로 향했다. 그리고 몇 년 후 시아버님이 돌아가시게 되어 그 집을 정식으로 방문하게 되었다. 그러고 보니 그 집은 누군가 죽음을 맞아야만 찾게 되는 집이었다. 물론 그때도 잔디를 팔긴 했지만 대개는 꽃상여를 더 많이 팔았다. 근방에 꽃상여집이 그 집밖에 없어 그 집을 이용하는 사람들이 많았다. 남편과 들른 그날도 누군가를 싣고 떠날 만반의 준비가 된 꽃상여가 가게 안을 환하게 밝혀 주었다. 안으로 들어가 보니 밤새 만들어 놓은 색색의 화려한 종이꽃들을 가게 구석에 쌓아 놓았다. 주인 부부의 얼굴에도 피곤한 기색이 역력했다. 그럼에도 우리를 보고는 살갑게 대해 주셨다. 인정이 넘치는 분들이었다. 사실 그날 묻고 싶었다. 가게 이름을 '장미꽃집'으로 한 이유가 무엇인지를 말이다. 그런데 지금 생각해 보면 묻지 않아도 알 수 있을 것만 같다.

지금은 '장미꽃집'도 미리 약국 삼거리의 대로변으로 자리를 옮겼다. 하지만 이제 그 집에서는 꽃이 뜨문뜨문 피어난다. 장례식장과 화장터와 납골당이 더 이상 꽃상여를 필요치 않게 만들어 버렸기 때문이다. 세월은 모든 것들을 바꿔 놓았다. 시나브로, 꽃상여는 먼 추억의 뒤안길로 사라지고 있는 중이다. 지금은 상여보다는 잔디를 주로 취급하는 곳이 되었지만 그래도 여전히 음성 사람들에

5. 흐느실, 외갓집 가는 길

게 그 집은 '꽃집'이다. 고단했던 이생의 삶을 배웅해 주던 꽃상여였다. 온 동네 사람들이 꽃상여 뒤를 따르며 슬퍼했던 그 시절, 죽은 이를 위로해 주고 마지막을 가장 아름답게 만들어 주었던 것이 꽃상여였음을 우리는 안다. 그러니 그 집은 꽃집이 맞다. 사람 향이 고운 '장미꽃집'이 맞다.

중리의 봄

우리 마을은 초겨울이면 삼밭에 얹을 이엉을 엮느라 어린아이의 손도 빌려야 할 만큼 바빴다. 부모님이 남의 집으로 일을 하러 가시면 우리 사 남매는 우리 집과 이웃한 용석이네 집 앞에서 둘씩 짝을 지어 어두워지도록 이엉을 엮었다.

봉래산은 친정집과 마주한 산이다. 그 산은 동네 아이들의 놀이터이자 일터이기도 했다. 어디 하나 불을 때지 않은 집이 없었던 그때, 우리들은 그곳에서 불쏘시개였던 관솔을 따거나 솔방울을 줍기 바빴다. 가끔은 잔솔가지를 비료 포대에 가득 채워 집으로 돌아왔다. 봉래산은 우리 마을의 뒷산으로 야산이었다. 산 초입은 구릉이라 누렁이 암소를 근처에 매어 놓고 친구들과 소꿉놀이를 하기에 안성맞춤이었다.

내 고향은 신천 2리다. 신천 2리는 큰말, 중리, 주주골의 세 마을로 이루어졌다. 근방에서는 제법 큰 마을이었다. 학생들도 많아 아침이면 마을회관 앞에서 6학년 언니 오빠 뒤로 열을 지어 학교에 갔던 생각이 난다. 그때는 한참 새마을 운동이 일어났던 시기여서 학교에서도 향우회라는 이름으로 마을마다 6학년을 단장으로 만들어 놓고 아이들을 인솔하도록 했다. 우리 집은 중리에 있었다. 신천 1리의 냇말과 신천 3리의 참샘 중간에 있다 하여 중리로 이름이 붙었다고 한다.

우리 마을은 인삼밭을 경작하는 집이 대부분이었다. 우리 집도 예외는 아니어서 작은 땅을 도지로 부치면서 인삼 농사를 지었다. 우리 집과 붙어 있던 밭이었는데 10년도 훌쩍 넘은 어느 날 작은오빠가 도회지에서 번 돈으로 사들여 나중에는 우리 밭이 되었다. 여하튼 내가 초등학교 때 우리 마을은 초겨울이면 삼밭에 얹을 이엉을 엮느라 어린아이의 손도 빌려야 할 만큼 바빴다. 우리 사 남매는 옆집 용석이네 삼밭에 얹을 이엉을 엮어 돈을 벌곤 했다. 용석이네는 동네에서 알아주는 부유한 집이었다. 삼밭도 우리 집과는 비교가 안 될 만큼 컸고, 밭도 여러 군데였다. 부모님이 남의 집으로 일을 하러 가시면 우리 사 남매는 우리 집과 이웃한 용석이네 집 앞에서 둘씩 짝을 지어 어두워지도록 이엉을 엮었다. 동네에서도 우리 사 남매는 억척이로 소문이 자자했다. 허구한 날 보리밥에 나물

죽을 먹는 게 고작이었지만 투정을 하는 일이 없었고, 비뚤게 자라
지도 않았다. 초등학교 졸업 후 공장을 다니던 언니는 남의 집 일로
고단한 어머니를 대신해 살림을 도맡아 했고, 큰오빠와 작은오빠
는 학교가 파하면 쇠꼴을 베어 외양간에 넣어 주고 누렁이 소도 돌
보았다. 삼밭에 난 풀을 뽑는 일도 언니와 오빠들의 몫이었다. 막내
였던 나는 친구들과 봉래산에 올라가 노는 것을 즐겼는데 산에서
내려올 때는 비료 포대에 불쏘시개라도 담아 왔으니 빈손인 때는
없었다.

우리 아버지는 속정은 있으셨지만 그래도 다정다감하신 분은 아
니었다. 그렇다 보니 자식에게 대놓고 당신의 마음을 보여 주지도
않으셨다. 그럼에도 지금까지 잊히지 않는 일이 있다. 어느 해 이른
봄, 산에서 내려오는 아버지의 지겟단에는 진달래가 한 거듬 꽂혀
있었다. 딸을 위한 아버지의 선물인 셈이었다. 뿐만 아니라 아버지
는 여름이면 개암나무 열매가 실하게 달린 가지를 지겟단에 묵직
하게 얹어 오기도 하셨다. 그 고소한 맛이라니, 그 맛을 지금도 잊
을 수가 없다.

이제는 중리의 모습도 예전과 많이 달라졌다. 초천리 밤나무재
로 넘어가는 산인 웃골에 몇 년 전 큰길이 나며 동네가 갈라져 버렸
다. 웃골은 그 옛날 우리 부모님이 농사를 지으셨던 논과 밭이 있던
곳이다. 얼마 전 우연히 지인과 친정 마을인 중리로 냉이를 캐러 갔
다. 이제는 부모님이 계시지 않아서일까. 참 낯설었다. 어릴 때 뛰
놀던 곳이건만 그 흔적은 어디에도 찾아볼 수가 없다. 드문드문 마

주치는 사람들도 처음 보는 사람들이 대부분이다. 세월은 모든 것을 앗아가 버렸다. 사람도 자연도 말이다. 정겹던 봉래산도 개발로 인해 그 옛날의 모습을 찾을 수가 없다.

냉이를 캐고 나오던 길에 돌아본 내 고향 중리, 봉래산의 진달래도 웃골의 차갑고 시원했던 계곡도 이제는 아스라이 먼 기억이라 생각하니 세월의 무상함에 쓸쓸하기만 하다.

중리의 여름

우리 가족은 주주골과 중리에서 몇 번이나 집을 옮겨 다녔다. 남의 집을 빌려 살았기 때문에 기한이 되거나 집주인이 집을 비워 달라 하면 옮겨야 했다. 내가 헤엄을 배운 것은 주주골 과수원집에서 살던 때였다.

학교가 파하고 돌아오는 아이들의 표정이 사뭇 진지하다. 조금 전 학교에서 누가 더 멋진 다이빙을 할 것인가 겨루자고 했던 터였다. 남자 녀석들 틈에 의지가 불타오르는 듯 비장한 표정의 여자아이도 한 명 끼어 있었다. 드디어 동네 입구에서 만나는 큰 다리 앞에 다다르자 누가 먼저랄 것도 없이 남자 녀석들은 윗옷을 훌훌 벗어 던지기 시작했다. 옷을 입은 채로 뛰어내릴 여자아이는 다리 밑을 뚫어져라 볼 뿐 말이 없었다. 제일 먼저 다리 난간에 올라선 아이는 큰 키에 다부진 몸을 자랑하는 힘깨나 쓰는 Y였다. '풍덩!' 뒤이어 다른 녀석도 뛰어내렸다. '풍덩! 푸우' 체구가 작아서인지 떨어지는 모습도 가벼워 보였다. 그 뒤로 몇 녀석들이 바투 뛰어내렸고 이제 여자아이의 차례였다. 남자 녀석들은 비웃음 섞인 얼굴로 수군거렸다. 드디어 여자아이도 힘껏 물속으로 뛰어내렸다. '풍덩! 촤아!' 성공이었다. 방금 전까지 비웃던 남자아이들은 멋쩍은 표정으로 인정을 한다는 듯 박수를 쳐 주었다.

지금도 그날을 생각하면 웃음이 절로 나온다. 초등학교 시절 여자아이들보다는 남자아이들과 노는 걸 더 좋아했던 듯하다. 아마도 내 위로 오빠가 둘이나 있어 그랬을 것이다. 그 시절 우리는 여름이면 수영을 하며 하루해를 다 보냈다. 지금은 동네 개울에 물이 말라 그 역할을 못 하지만 그 당시 개울은 아이들이 수영을 할 만큼 꽤 깊었다. 중리를 들어가는 길에서 제일 먼저 만나는 큰 다리는 아이들이 즐겨 찾던 수영 장소였다. 그곳에서 조금 더 들어가다 보면 주주골과 중리로 갈라지는 다리가 나오는데 우리는 그 다리를 작은 다리라고 했다. 동네 아이들은 주로 큰 다리에서만 수영을 하거나 송사리, 피라미를 잡는 등 몸이 빨갛게 타도록 놀았다. 작은 다리는 폭이 좁기도 했고, 무엇보다 얕았기 때문이다.

비록 개구리헤엄이지만 나는 남자아이들에게 뒤지지 않을 만큼 헤엄 실력이 뛰어났다. 어려서부터 오빠들을 따라 집과 가까운 방죽에서 놀며 헤엄을 배웠기 때문이었다. 우리 가족은 주주골과 중

193

리에서 몇 번이나 집을 옮겨 다녔다. 남의 집을 빌려 살았기 때문에 기한이 되거나 집주인이 집을 비워 달라 하면 옮겨야 했다. 내가 헤엄을 배운 것은 주주골 과수원집에서 살던 때였다.

주주골에는 방죽이 두 군데였는데 새방죽과 헌방죽으로 불렸다. 두 방죽 모두 사과 과수원이었던 우리 집과 지척이었다. 헌 방죽은 우리 과수원 동쪽 끝과 가까웠다. 그곳에서는 헤엄을 치기보다는 오빠들이 주로 족대나 낚시로 고기를 잡았다. 헌방죽은 작기도 했지만 수풀이 우거져 물뱀이 유난히 많았다. 그곳에 사는 웅어는 뱀 같기도 하고 큰 미꾸라지 같기도 해 오빠들이 잡아 오면 무서워서 소리를 질렀다. 그에 반해 새방죽은 우리 집에서 서쪽으로 산을 끼고 돌아가면 나오는 곳이었다. 그 방죽은 널찍하니 탁 트여 바다처럼 보였다. 내가 오빠들에게 개구리헤엄을 배운 것도 그곳에서였다. 주주골에 살았던 친구들은 그 방죽에서 헤엄을 치고 노는 것을 즐겨 했다. 그러던 어느 해, 가슴 아픈 일이 있었다. 그때 마침 나는 그 자리에 없었다. 친구에게서 들으니 신나게 헤엄을 치고 있는데 한 친구가 소리를 지르더라는 것이었다. 부리나케 나와 보니 그 친구가 물속을 손으로 가리키며 발을 구르고 있었다고 한다. 한 친구가 조금 전까지 헤엄을 치고 있었는데 물속에서 나오지 않는다는 것이었다. 처음에는 머리가 나왔다 들어갔다 해서 장난을 치느라 부러 그러는 줄 알았다고 했다. 마을로 뛰어간 다른 친구가 어른들을 모시고 왔고, 몇 시간 뒤 그 애는 주검으로 발견되었다. 최씨성의 그 애는 지금도 내 가슴속 아픈 기억이다. 그 뒤로 우리에게는 새방죽에서 헤엄을 치는 것이 암묵적인 금기가 되었다.

얼마 후 우리 가족이 과수원집을 나가게 되면서 중리 마을로 이사를 갔다. 사실 그 후로도 새방죽에 몇 번 가긴 갔다. 오빠들은 여전히 그곳에서 헤엄을 치는 것을 좋아했다. 하지만 나는 물속에 들어가지 못했다. 어린 시절의 추억이자 아픔이 된 그곳이 지금도 아삼아삼하기만 하다. 방죽 둑을 따라 무성하게 자라던 억새는 지금도 그곳을 지키고 있겠지? 개구리헤엄을 치고 놀던 그 시절 친구들이 문득문득 그립다. 즐겁기도 했고, 아프기도 했던 중리에서의 그 여름을 친구들은 추억하고 있을까.

중리의 가을

남신초등학교에서 중리로 가려면 낙엽송이 우거진 숲 길을 지나야 했다. 우리는 폭신폭신한 낙엽송 길에 주저 앉아 도시락을 바꿔 먹으면서 주위가 떠나가라 웃어 젖혔다. 나는 맛있어서 행복했지만 그 친구는 뭐 때문에 그리 행복해했는지 모르겠다.

부지깽이도 덤빈다는 가을, 농촌은 더없이 바빠진다. 어린 시절 우리 집도 이런저런 곡식을 수확하느라 부모님은 깜깜한 밤이 되어서야 돌아오셨다. 바쁜 부모님을 대신해 오빠들은 소여물을 챙겨 주었고 언니와 나는 청소를 하고 저녁을 지었다. 그 시절, 모든 자식들은 일찍 철이 들었다. 그렇게 애옥살이로 넉넉하지 않았지만 그래도 명절이면 어머니는 대목장에 나가 자식들에게 줄 빔을 고르셨다. 아무리 살림이 곤궁해도 마음까지 가난하게 만들지 않으려는 어머니의 배려였다. 그래서일까. 늘 가을을 기다렸다.

초등학교 고학년이 되면서 나는 양계장 하는 친구네 집에서 일을 도와주고 달걀을 얻어 오곤 했다. 중리 동네 첫 집인 장 씨 할아버지네서다. 그 집 손녀딸은 내 단짝이기도 했지만 친구들 사이에서 부러움의 대상이었다. 사실 그 집에서 달걀 걷는 일을 하게 된 것은 도시락 때문이었다. 내 도시락 반찬은 언제나 김치였다. 하지만 양계장집 딸인 친구의 도시락에는 늘 밥을 덮은 기름진 달걀프라이가 노랗게 빛을 냈다. 그럼에도 그 친구는 내 도시락을 더 좋아했다. 이해가 안 갔지만 그 친구의 요구로 어느 날부터는 학교에서 밥을 남겨 하굣길에 도시락을 바꿔 먹기로 했다. 남신초등학교에서 우리 동네 중리를 가려면 낙엽송이 우거진 숲길을 지나야 했다. 우리는 폭신폭신한 낙엽송 길에 주저앉아 도시락을 바꿔 먹으면서 주위가 떠나가라 웃어 젖혔다. 나는 맛있어서 행복했지만 그 친구는 뭐 때문에 그리 행복해했는지 모르겠다.

우리 집도 닭을 키우기는 했다. 하지만 서너 마리 암탉들이 알을 낳는 것은 고작해야 하루에 두 알 정도였다. 더구나 그 달걀은 모두 큰오빠 차지였다. 친구는 어느 날 나에게 자신의 양계장에서 일을 도와주면 달걀을 주겠다는 제안을 했다. 사실 친구는 할아버지의 강요로 매일 계란을 내렸으니 힘들었던 터였다. 부잣집 딸이니 고생이라고는 모르는 줄 알았다. 그런 고충이 있으리라곤 상상도 못

197

했던 일이었다.

　장 씨 할아버지네 양계장은 큰말에 있었다. 양계장은 밤낮으로 환하게 불을 밝혔는데, 그때는 닭들이 그토록 혹사당하는 줄 몰랐다. 설레는 마음으로 양계장 안에 들어가니 닭똥 냄새가 당황하게 만들었다. 선선한 가을임에도 닭장 하우스 안은 얼마나 덥던지 가슴이 답답했다. 하지만 달걀을 얻을 수 있다는 생각에 냄새도 답답함도 잊었다. 그 많던 달걀을 친구와 부지런히 걷고 나니 장 씨 할아버지는 상품 값어치가 떨어지는 것들을 골라 주셨다. 매번 상품성이 떨어지는 달걀이 이렇게나 많이 생긴다니 놀라웠다. 그러니 친구네 집 밥상에는 언제나 달걀이 올라왔을 테고 도시락까지 보태니 질릴 만도 했다. 그동안 부럽기만 했는데, 한편으로는 측은하다는 생각이 잠깐 들었다. 그럼에도 우리 집 밥상을 생각하면 여전히 부러운 것은 어쩔 수가 없었다. 장 씨 할아버지가 수고비 대신으로 주신 계란을 치마에 담아 집으로 가져왔다. 그 후로도 가끔 친구네 집에서 일을 하고 얻어 온 덕분에 달걀은 더러더러 먹었다. 육고기는 잘 먹지 못하면서도 달걀 요리는 무척이나 좋아하는 식성은 지금도 여전하다. 아마도 그때 그 일로 기인하지 않았나 싶다.

　장 씨 할아버지네 양계장은 산을 두르고 있었는데, 지금도 잊히지 않을 만큼 가을 단풍이 여간 고운 게 아니었다. 하지만 지금은 장 씨 할아버지의 양계장도, 그 아름답던 뒷산도 흔적 없이 사라지고 번듯한 공장과 집들이 자리를 잡은 지 오래다. 다행인 건 장 씨 할아버지네 양계장과 그 가을 산은 여전히 내 가슴 속에 오롯이 살

　　　　　　　　　5. 흐느실, 외갓집 가는 길

아 있다는 것이다. 달걀만 보면 문득문득 생각나는 그때, 내 어린 시절의 옹근 추억이다.

중리의 겨울

사계절 중 겨울은 농부들에게는 평온이 깃드는 시간이
다. 아낙들도 몇몇이 모여 따뜻한 아랫목에서 수다를 즐
기고, 남정네들은 심심풀이로 화투놀이를 하며 흥뚱항뚱
춥고도 긴 겨울을 보낸다. 아버지도 종종 노름을 하러 가
곤 했는데 그 집은 우리 집과 지근거리에 있던 최 씨 아
저씨네 집이었다. 이상하게도 그 시절 노름을 할 수 있게
방을 내어 주는 집들은 가난한 집이 대부분이었다.

정말 그랬다. 그때는 왜 그리도 눈이 많이 내렸는지 한번 내리면
폭설 수준이었다. 이상하게도 어린 시절 겨울은 흰 눈에 대한 추억
이 특별하다. 장지문 사이로 들어오는 환한 빛에 화들짝 놀라 단칸

5. 흐느실, 외갓집 가는 길

방 문을 열면 마당은 이미 눈밭이다. 밤새 내린 도둑눈은 봉당에 벗어 놓은 우리 가족의 신발까지 숨겨 버렸다. 흰둥이의 집도 눈 이불에 사라질 판이다. 제집이 없어지건 말건 자발없는 흰둥이는 신이 나서 마당 이곳저곳을 경중대며 뛰어다니기 바쁘다. 내가 눈을 치우는 아버지 뒤를 졸졸거리며 눈을 치우는 시늉을 하면 아버지는 추우니 방으로 들어가라는 손짓을 하신다. 그런데 아버지의 표정이 심상치 않다. 좁은 마당은 흰둥이가 뛰어다니는 바람에 다져진 곳이 꽤 여러 곳이다. 아버지는 눈을 쓸던 빗자루를 들어 흰둥이를 쫓으려 하지만 흰둥이는 그런 아버지의 속내를 알 리 만무하다. 아직 쓸지 않은 눈 위를 발랑대며 아버지와 술래잡기라도 할 양으로 까불거린다.

  사계절 중 겨울은 농부들에게는 평온이 깃드는 시간이다. 아낙들도 몇몇이 모여 따뜻한 아랫목에서 수다를 즐기고, 남정네들은 심심풀이로 화투놀이를 하며 흥뚱항뚱 춥고도 긴 겨울을 보낸다. 아버지도 종종 노름을 하러 가곤 했는데 그 집은 우리 집과 지근거리에 있던 최 씨 아저씨네 집이었다. 이상하게도 그 시절 노름을 할 수 있게 방을 내어 주는 집들은 가난한 집이 대부분이었다. 그건 아마도 노름에서 떼어 주는 개평으로 끼니를 해결할 수 있었기 때문일 것이다. 그 집에서 종종 국수 섞은 라면을 얻어먹곤 했는데 그 맛이 정말 일품이었다. 어쩌면 그 맛 때문에 아버지의 만류에도 극구 따라나섰을 것이다. 최 씨 아저씨네 집과 우리 집은 번갈아 가며 노름을 하는 장소였다. 최 씨 아저씨에게는 나보다 두 살 아래의 딸

201

이 있었는데 우리는 친자매처럼 지냈다. 언제부터인가 그 집으로 노름꾼들이 매일같이 드나들게 되자 그 집 딸은 우리 집에서 숙식을 해결하는 일이 잦았다.

중리 아이들에게도 겨울이면 즐기는 놀이가 있었는데 그것은 비료 포대로 썰매를 타는 일이었다. 비료 포대에 지푸라기를 단단히 욱여넣으면 돌부리나 뾰족한 나뭇가지로부터 엉덩이를 지켜 내는 훌륭한 썰매가 된다. 비료 포대 썰매장은 삼신댕이라는 곳이었다. 우리는 눈이 내린 날이면 누가 먼저랄 것도 없이 그곳으로 올라갔다. 삼신댕이는 중리의 서쪽 낮은 산에 있던 무덤이었다. 그곳에서는 마을이 훤히 내려다보였다. 넓은 터에 자리 잡은 큰 무덤은 두 기가 나란히 있어 썰매를 타기에 안성맞춤이었다. 그 무덤이 누구의 무덤인지는 몰랐으나 관리가 잘되어 있던 것으로 기억이 난다. 무덤 앞에는 두 석인상이 근엄한 모습으로 서서 무덤의 주인을 단단히 지켜 주었다. 하지만 개구쟁이들이 무덤 위를 타고 내려올 때면 석인상도 눈을 질끈 감고 묵인을 해 주는 듯했다. 우리는 석인상이 있는 곳까지 미끄러져 내려갔다 다시 비료 포대를 들고 무덤이 시작되는 산과 맞닿은 곳으로 올라갔다. 겨울바람에 우리들의 얼굴이 발갛게 얼고, 손과 발이 시려 왔어도 하루해가 어찌 가는지도 몰랐다.

삼신댕이는 사실 중리 아이들이 겨울뿐 아니라 여름에도 즐겨 가는 곳이었다. 무덤 주위에는 큰 나무들이 에둘러 있어 그곳에서 더위를 피해 놀았다. 석인상으로 기어오르는 도마뱀을 잡았던 기억도 난다. 고등학교 이후로는 그곳을 올라가 보지 않았다. 지금도 여전히 동네 개구쟁이들에게 놀이터가 되어 주고 있을까? 모르긴 몰라도 그렇지는 않을 것이다. 요즘은 시골 아이들도 모두 학교가 끝나면 학원에 가기 바쁘니 말이다. 무엇보다 컴퓨터 게임이라는 신세계의 놀이가 등장하지 않았던가. 그곳이 그 옛날 개구쟁이들의 놀이터였다는 것은 우리들만의 비밀이 되고 말았다. 세월은 흐르고, 그 세월에 사람도 흘러간다. 하지만 오래된 추억은 결코 사라지지 않는다. 추억하는 사람의 가슴속에서 알짬으로 남아 이렇게 반짝이고 있지 않은가.

호느실,
외갓집 가는 길

모든 게 다 있소,
다이소

사람의 인연은 참으로 묘하다. 언제, 어느 곳에서 만나고 이어지게 될지 알 수 없는 게 사람의 관계다. 그러고 보니 글로 인해 맺어진 인연이 적지 않다. 다이소 주인장과도 결국은 글이 맺어 준 셈이다. 글을 쓴다는 일이 이리도 보람 있는 일인지 새삼 깨닫는다.

가을비가 내린다. 거실 통창으로 내리는 비를 바라보는 중이다. 이상하게도 비가 오는 풍경에도 계절의 모습이 스몄다. 얼마 전까지만 해도 나뭇잎 위로 떨어지는 빗방울이 푸르른 나뭇잎을 싱그럽게 했다. 하지만 오늘 보니 빗방울에 나뭇잎들이 힘없이 떨어진다. 어느새 나뭇잎의 색도 바래졌다. 그렇지, 이제 곧 겨울이 올 것이고 이 푸름도 모두 없어지겠지.

5. 흐느실, 외갓집 가는 길

우울한 마음을 떨쳐야겠다는 생각에 주섬주섬 옷을 챙겨 입고 밖으로 나왔다. 그렇잖아도 고양이 먹구와 견공 청이의 간식이 떨어진 지 며칠이나 되었다. 먼저 하나로 마트에서 반찬거리를 사고 녀석들의 간식을 사러 가기로 했다. 비가 오는 날임에도 마트 안은 언제나 사람들로 붐빈다. 천천히 마트를 능놀며 여기도 기웃 저기도 기웃거렸다. 사람들은 무엇이 그리도 바쁜지 잰걸음이다. 믹스커피와 국거리로 쓸 얼갈이배추 조금을 사서 마트를 나섰다. 어느새 빗방울이 제법 굵어졌다. 손에 우산을 들긴 했지만 그냥 비를 맞으며 차가 있는 곳까지 천천히 걸어갔다. 차갑다는 생각도 들지 않았다. 이제는 먹구와 청이의 간식을 사러 가야 한다.

작지만 정말 없는 게 없는 '다이소'에 왔다. 가게 안은 화이트 톤으로 실제보다 넓어 보이는 효과를 준다. 진열되어 있는 상품을 보면 주인장의 성격이 보인다. 어찌 이리도 사람의 심리를 잘 알까. 온갖 물건들이 마음으로 들어와 요동을 치며 유혹한다. 정말 필요한 것인지, 후회는 하지 않을지 한참을 망설이지만 결국에는 매번 생각지도 않던 물건을 사 오는 때가 많다. 다이소는 체인점으로 소도시 어느 곳이든 없는 곳이 없을 만큼 사람들에게 사랑받는 가게다. 하지만 어느 지역의 다이소에 가면 사고 싶은 물건이 딱히 없거나, 혹은 꼭 필요한 물건이 없을 때가 많다. 그럴 때는 "가게 이름을 바꿔야 하는 거 아니야?" 하고 혼잣말을 하기도 한다.

먼저 녀석들의 간식을 고르고 가게 이곳저곳을 둘러보았다. 요즘 그림 그리기에도 재미를 붙였다. 수채화도 좋지만 기와나 캔버스에 그리기 좋은 아크릴화를 더 좋아한다. 마침 작은 캔버스가 눈에 들어왔다. 작은 캔버스 세 개와 캔버스를 올려놓을 작은 나무 받침도 두 개 샀다. 이곳의 물건은 제일 비싼 것이 5,000원이다. 요즘같이 물가가 비싼 세상에 예쁘고 실생활에 꼭 필요한 물건을 저렴한 가격에 살 수 있으니 자주 찾을 수밖에 없다. 다이소는 외국인들도 즐겨 찾는 곳이다. 한 푼이라도 아껴야 하는 그들에게 다이소는 안성맞춤의 가게인 모양이다. 아크릴 물감의 색을 보고 있을 때였다. 저쪽 구석에서 주인장의 밝은 목소리가 들려왔다. 언제나 웃는 모습으로 사람을 반겨 주는 분이다. 사실 그분이 이 다이소의 주인장이라는 것을 알게 된 것은 그리 오래되지 않았다. 인터넷에서 내 글을 읽고 먼저 다가와 준 고마운 분이다. 그동안은 그저 다이소의 직원인 줄로만 알았다. 그런데 어느 날 인터넷에서 내 글을 보았다며 반가워했다. 사람의 인연은 참으로 묘하다. 언제, 어느 곳에서 만나고 이어지게 될지 알 수 없는 게 사람의 관계다. 그러고 보니 글로 인해 맺어진 인연이 적지 않다. 다이소 주인장과도 결국은 글이 맺어 준 셈이다. 글을 쓴다는 일이 이리도 보람 있는 일인지 새삼 깨닫는다.

이곳도 요즘 2층으로 건물을 늘리는 공사가 한창이다. 사다리를 들고 다니며 물건을 정리하는 주인장의 모습이 듬직하니 틀거지가 있어 보인다. 주인장은 짧은 인사를 나누고 어느새 밭은걸음으로 사라졌다. 저리 바쁜데, 언젠가 나와 한 약속은 지킬 수 있을까? 공사가 어느 정도 마무리되면 차라도 한잔 마시며 담소를 나누기로 했는데….

초록 뾰족지붕 교회

지금도 중학교 시절을 생각하면 통일 교회에서의 추억으로 인해 가슴 한구석이 따뜻해진다. 그것은 아마도 잠깐이었지만 사춘기 시절 나를 설레게 했던 '교회 오빠'를 만났기 때문이다. 키는 작았지만 눈매가 부드럽고 말과 행동이 나긋나긋해 모든 여학생들에게 인기가 많았다.

일요일 아침, 초록 지붕 교회 앞이 부산하다. 신년 행사라도 있는 것일까. 어떤 이는 혼자서, 또 어떤 이는 부부가 함께 아이를 안고 교회로 들어간다. 작은 교회다. 그런데 들어가는 사람들을 보면 대개 젊은 부부가 많다. 물론 그 안으로 직접 들어가 보지 않았으니 알 수는 없다.

초록 지붕 교회는 밭을 사이에 두고 우리 집과 마주 본다. 작년까지만 해도 옆집에 가려 뾰족지붕만 보였다. 그런데 작년 여름, 옆집이 헐리자 그 교회는 온전한 모습으로 온몸을 드러냈다. 우리나라는 종교의 다양성을 존중한다. 이곳은 작은 소도시임에도 성격이 다른 종교 시설이 많다. 우리 집과 마주하고 있는 곳은 통일 교회인데 정확한 명칭은 '세계평화통일가정연합'이다. 건물이 특이해 처음 보는 사람들에게는 호기심이 이는 곳이다. 거대한 초록색 지붕은 서로 맞대어 외벽의 기능까지 한다. 그리고 초록 지붕 건물 좌측으로는 잇대어진 조립식 건물이 있다.

초·중학생 시절, 잠깐 교회를 다녔다. 처음으로 갔던 곳은 옆 동네의 작은 장로교회였다. 그곳은 크리스마스 때나 특별한 때에만 친구들과 어울려 갔던 곳이라 그곳에서 무엇을 했는지 기억이 또렷하지 않다. 그리고 중학생이 되어 동네 또래 몇과 함께 다니던 교회가 있었는데 그곳이 읍내에 있던 지금의 통일 교회였다. 우리 친정집은 읍내에서 30분을 걸어 나오는 거리다. 그때는 딱히 교통수단이 좋은 때가 아니어서 웬만한 거리는 걸어 다니던 때였다.

통일 교회는 1950년대 초 교주 문선명에 의해 창시된 신흥 종교다. 음성에 통일 교회가 들어선 것은 정확하진 않지만 아마도 1970년 말이나 1980년 초쯤이었을 것이다. 내가 처음 그 교회에 갔을 때만 해도 교인들도 많지 않았고, 교회 내부도 부족한 면이 많았다. 당시 음성 통일 교회는 젊은 목사 부부가 운영했다. 결혼한 지 얼마

5. 흐느실, 외갓집 가는 길

되지 않아서인지 자녀도 없었다. 그때 통일 교회에는 유독 학생들이 많았다. 건물도 예쁘고 목사님 부부도 정이 많았다. 무엇보다 중고생들이 많다 보니 교회는 활기도 넘치고 생기가 돌았다. 또래들과 노는 것이 좋아 방학 때는 거의 매일 교회에서 머물렀다.

그러다 타지에 있는 고등학교로 진학을 하게 되면서 자연스럽게 발길이 끊어지게 되었다. 긴 기간은 아니었지만 지금도 중학교 시절을 생각하면 통일 교회에서의 추억으로 인해 가슴 한구석이 따뜻해진다. 그것은 아마도 잠깐이었지만 사춘기 시절 나를 설레게 했던 '교회 오빠'를 만났기 때문이다. 키는 작았지만 눈매가 부드럽고 말과 행동이 나긋나긋해 모든 여학생들에게 인기가 많았다. 그 사람과 제대로 된 대화는 한 번도 나누지 못했지만 진실한 사람인 것만은 알 수 있었다.

통일 교회는 교인끼리 대대적인 국제합동결혼식을 올리기로 유명하다. 음성에 있는 일본인 여성들을 보면 대개가 통일교 신자가 많다. 그녀들은 우리나라 남자와 결혼하여 아이를 낳고 살아간다. 지난해 내가 강의했던 글쓰기 교실에도 통일 교인이었던 일본인 여성이 있었다. 얼마나 옹골진 사람인지 시골의 초등학교 자모 회장까지 맡고 있다고 했다. 글을 풀어 나가는 솜씨도 좋아 재미와 감동까지 주는 작품을 쓰는 사람이었다. 쉬는 날도 없이 일감을 찾아다니는 그녀는 부지런함과 성실함까지 갖추었다.

험난하고 불안한 세상, 나약한 자신을 지키기 위해 사람들은 종교를 찾아 의지를 한다. 사람 사이의 불신, 위태로운 하루하루, 종교는 그 모든 걸 지켜 주기도 하고 이겨 내게도 한다. 종교가 없는 사람이라도 자신이 간절하게 이루고 싶은 일이 있을 때면 무심결에 두 손을 모으고 기도하게 된다. 그만큼 기도는 보이지 않는 존재에 대한 믿음이자 의지하고픈 마음의 발로이다.

드디어 기도 시간이 끝난 모양이다. 무엇이 저리도 행복할까. 초록 지붕 교회를 나오는 사람들의 얼굴마다 웃음꽃이 활짝 폈다. 꽃같은 얼굴로 어떤 이는 승합차에 또 어떤 이는 작은 승용차에 몸을 싣는다. 그리 지근거리는 아니기에 서로 나누는 인사말을 들을 수는 없다. 하지만 꽃들을 가득 실은 차의 꽁무니를 보니 그들이 무슨 말을 주고받을지 짐작이 된다. 서로의 온기로 세상을 살아가는 초록 지붕 뾰족 교회 사람들이 오늘따라 더없이 아름다워 보인다.

5. 흐느실, 외갓집 가는 길

흐느실,
외갓집 가는 길

엄마는 돌아가실 때까지도 그곳을 잊지 못하셨다. 비린
것은 입에도 대지 않던 분이었지만 오로지 흐느실에서
만 나는 '베틀올갱이'는 잘도 드셨다. 엄마가 살아 계시
던 어느 해에 큰오빠는 엄마를 모시고 흐느실 가까운 세
고개 계곡에서 '베틀올갱이'를 잡아다 끓여 드렸다 했
다. 아마도 엄마의 허우룩한 마음을 고향의 맛으로 채우
려 했던 것은 아니었을까.

해가 서산에 닿으려면 한참을 더 기다려야 한다. 거의 다 와 간
다. 이리도 쉽게 오는 것을 그동안 왜 오지 않았을까. 어쩌면 이런
모습을 보기가 두려웠던 것은 아니었을까.

211

흐느실, 그곳은 나의 외갓집이다. 초등학교를 다닐 때만 해도 여름과 겨울 방학이 되면 으레 외갓집에서 여러 날을 보냈다. 그때는 교통수단이 그리 발달하지 않은 터라 음성에서 출발해 큰길이 있는 원남면 보천까지만 버스를 타고 갔다. 보천에서부터 장갈의 흐느실까지는 걸어서 가야 했다. 정확하진 않지만 한 시간은 족히 넘는 길이었다. 초등학교를 들어가기 전에도 엄마의 손을 잡고 그 먼 길을 걸었다. 처음에는 엄마를 따라 곧잘 걸었지만, 동네도 보이지 않는 길을 하염없이 걷다 보면 어김없이 힘들다 떼를 썼다. 그러면 엄마는 나를 업고 구불구불한 자갈길을 걸어갔다.

그나마 장갈까지는 길이 제법 넓은 편이었다. 하지만 장갈을 지나 흐느실로 향하는 길에 접어들면 그때부터 길이 좁아졌다. 큰 내도 건너야 했는데 가문 날에는 그래도 돌다리가 있어 건너는 데 어렵지 않았다. 하지만 비가 온 뒤에는 무릎까지 차오른 냇물을 헤치고 건너야 해서 여간 곤혹스러운 것이 아니었다. 엄마는 머리에는 봇짐을 이고, 치마를 무릎 위까지 걷어 올린 다음에 나까지 등에 업고 냇물을 건너셨다. 그렇게 내를 지나면 좁은 산길이 시작되었다. 그래도 길옆으로 제법 넓은 내가 흘러 가는 길이 심심하지는 않았다. 한쪽은 시냇물이 흐르고, 또 다른 쪽은 기암절벽과 울창한 숲이 어우러진 아름다운 길이었다.

지금 생각해 보면 엄마는 친정에 가시는 길이니 즐거우셔야 했을 텐데도 얼굴빛이 어두우셨다. 애옥한 살림이었으니 친정 가는 발걸음이 천근만근이었을 테다. 엄마의 친정인 외갓집은 흐느실 동네에서 제일 꼭대기 집이었다. 행랑채가 딸린 기와지붕이 멋스러운 제법 부유한 집이었다. 엄마의 형제는 흐느실에 살고 계신 외삼촌과 음성 근교의 행치와 소이에 사시는 큰이모, 작은이모까지 해서 사 남매다. 형제들 중에서도 엄마는 특히 외할머니를 빼닮으셨다. 그래서일까. 외할머니는 유독 나를 예뻐하셨다.

흐느실의 넓은 시냇물은 여간 맑고 찬 게 아니었다. 여름 한낮에는 마을의 개구쟁이들이 물장구를 치며 멱을 감았고, 칠흑같이 어두운 밤이면 동네 아낙들이 몸을 씻었다. 나도 종종 외숙모를 따라나섰는데 그때마다 반딧불이가 냇가 주변을 반짝반짝 밝혀 주었다. 나는 목욕을 하다 말고 반딧불이를 잡으려 이리 뛰고 저리 뛰어다녔다. 그럴 때마다 외숙모는 당신 옆에 앉히고는 무서운 얼굴로 겁을 주셨다.

흐느실의 개울은 겨울이면 아이들을 달뜨게 만들었다. 그 넓은 개울은 얼음썰매를 지치기에 안성맞춤이다. 외삼촌 댁에는 나보다 어린 조카들이 여럿 있었다. 외삼촌은 자식뿐 아니라 손자들에게도 한없이 인자한 분이셨다. 얼음썰매도 정말 잘 만드셨다. 당신의 손자들뿐 아니라 내 것도 잊지 않고 만들어 주셨다. 얼음썰매를 지치다 보면 하루해가 어찌 지는 줄도 몰랐다. 그러던 어느 날, 동네 개구쟁이 녀석이 나에게 얼음덩이를 던지는 바람에 머리를 크게 다치고 말았다. 그 뒤로는 얼음썰매를 타지 않았던 듯하다.

그런데 내가 중학교를 졸업할 때쯤, 그곳에 저수지가 만들어지면서 그렇게 멋졌던 흐느실이 모두 물속으로 사라지고 말았다. 그나마 다행이라고 해야 할까. 동네 꼭대기에 있던 외갓집은 덩그러니 남았다. 하지만 평생의 일터였던 논과 밭이 모두 물속으로 사라지자, 외삼촌은 가족들을 이끌고 음성 읍내 근교인 용산리로 이사를 하셨다.

그리도 아름답던 흐느실이 물속에 잠긴 지가 벌써 40년이다. 엄마는 돌아가실 때까지도 그곳을 잊지 못하셨다. 비린 것은 입에도 대지 않던 분이었지만 오로지 흐느실에서만 나는 '베틀올갱이'는 잘도 드셨다. 엄마가 살아 계시던 어느 해에 큰오빠는 엄마를 모시고 흐느실 가까운 세고개 계곡에서 '베틀올갱이'를 잡아다 끓여 드렸다 했다. 아마도 엄마의 허우룩한 마음을 고향의 맛으로 채우려 했던 것은 아니었을까.

어느새 해는 세고개 산에 올라앉아 위세가 등등하다. 흐느실과 세고개를 이어 주는 긴 다리에 섰다. 어딜 보아도 낯선 풍경이다. 아름답게 빛나던 냇가도, 외갓집도 더 이상 이곳에는 없다. 이렇게 모든 것을 지우고, 새롭게 또 다른 것을 창조해 가는 것이 세월이란 말인가. 그러니 추억이란 영원히 아름다운 신기루로 남는 것인가 보다.

흐
느
실,
외
갓
집
가
는
길

초판 1쇄 발행 2024. 6. 13.

지은이 김경순
펴낸이 김병호
펴낸곳 주식회사 바른북스

편집진행 김재영
디자인 배연수

등록 2019년 4월 3일 제2019-000040호
주소 서울시 성동구 연무장5길 9-16, 301호 (성수동2가, 블루스톤타워)
대표전화 070-7857-9719 | **경영지원** 02-3409-9719 | **팩스** 070-7610-9820

•바른북스는 여러분의 다양한 아이디어와 원고 투고를 설레는 마음으로 기다리고 있습니다.
이메일 barunbooks21@naver.com | **원고투고** barunbooks21@naver.com
홈페이지 www.barunbooks.com | **공식 블로그** blog.naver.com/barunbooks7
공식 포스트 post.naver.com/barunbooks7 | **페이스북** facebook.com/barunbooks7

•이 도서는 2024년 한국문화예술위원회 아르코문학창작기금(문학 창작산실) 사업에 선정되어
발간되었습니다.